幻坂

有栖川有栖

角川文庫
19557

幻坂

大阪を愛する義父母に

目次

装　幀／多田和博
扉写真／野原　勤

天王寺七坂

【天王寺七坂について】

大阪市は起伏の乏しい街だが、中央には上町台地が南北に伸び、その西側に多くの坂を持つ。
本書の舞台となった七つの坂は、天王寺七坂あるいは大阪七坂と呼ばれ、すべて天王寺区にある。
七坂の界隈は寺町を形成して、四天王寺をはじめ多くの神社仏閣が連なる〈最も古い大阪〉であり、
古代から現代に至るまでこの都市の記憶を抱く。

清水坂《きよみずざか》

どこのどなたとも知れん行きずりの方に聞いてもろて、気持ちを鎮めとうなりました。ご迷惑やなかったら、ちょっとお付き合いいただけますか。

つい先日、近所を散歩してて、あるお家の庭に見事な山茶花《さざんか》が咲いてるのを見かけて、胸の内に甘いような苦いような想いが込み上げてきたんです。お断わりしておきますけど、決してきたない話やむごい話にはなりません。ちょっとばかり不思議で、とりとめのない夢みたいなもんです。怖がりの方も、どうぞご安心を。

もう始めてますけど、大阪弁でやらしてもらうことをお許しください。標準語を操ることは簡単ですけど、わたしの頭の中にある生の言葉は常にこれです。大阪弁は、生きて泳いで跳ねる魚。標準語は、網目のついた焼き魚。それぐらいの差があります。

清水坂《きよみずざか》と聞いたら、京都にあると思わはるでしょう。清水寺に続く坂やろと。ところが、これからわたしの話に出てくるのんは、そこと違うんです。大阪にある清水坂。その坂の上には有栖《ありす》山清光院《ざんせいこういん》清水寺があります。これは偶然やのうて、京都の清水さんから千手観音をいただいたことに由来します。観音さんをご本尊にしたんが寛永《かんえい》十七年（一六四〇）。享保《きょうほう》年間に名を新清水寺と改め、今では清水寺と。その前は有栖寺《ありすでら》と呼ばれてたらしい。坂の下を有栖川という川が流れてたからです。

建ってるのんが坂の上、高台やいうんで本家を真似して舞台を造り、境内に音羽《おとわ》の滝もどきもこしらえた。大坂版清水寺のでき上がりです。舞台の規模は本家と大違いですけど、当時の大坂には今みたいに高いビルはないし、家もごちゃごちゃ建て込んでない。湾岸の埋立て地ものうて海がぐっと近かったさかい、けっこうな眺望が楽しめたでしょう。そこからの眺めについて、「浪華《なにわ》の全市を瞰下《みおろ》し、播淡《ばんたん》の滄海《そうかい》絶妙」と古書に残ってます。

さらに平安時代近くまで遡《さかのぼ》ると、高台の下まで海がきてたとか。立派な歌人やったお公家《くげ》さんが、難波《なにわ》の海に沈む夕陽を拝みながら死にたい、と言うて京の都から移ってきて、望みどおりに亡くなりました。その人の庵《いおり》があったあたりに碑が建ってます。夕陽丘《ゆうひがおか》という地名はそこからきてるんやそうです。

話が脇へ逸《そ》れましたな。

清水坂も清水寺も、幼い頃からわたしの遊び場でした。そこらでばっかり遊んでたわけやない。行動半径が広い子供やったから、やんちゃな友だちと一緒になって生玉《いくたま》さんこと生國魂《いくにたま》神社から一心寺《いっしんじ》さんにかけての寺町全体を、昨日はあっちこっちと駆《か》け巡ってました。

大阪は東京やらと違《ちご》て、のっぺり平坦《へいたん》な土地ですけど、街の真ん中が南北に細長く盛り上がってます。大阪城から住吉《すみよし》方面に続いてて、幅はせいぜい二キロ、高さは二十メートルちょっと。上町《うえまち》台地いうて、何千年も前の縄文時代にはそこだけが半島みたいになってたんです。古代の地図を見たら、人差し指をピンと立てたみたいになってます。その先端では波が速かったんで、なみはや、それが転じて浪速《なにわ》という地名ができました。難波とも書きますし、きれいな字を当てたんが浪花《なにわ》や浪華です。

何本もの川が運ぶ土砂が堆積《たいせき》するうちに陸地が広がって、もとからの陸地が高台になったんが上町台地。そこには、ずらりと寺社が連なって、寺町を形成してます。

「播淡の滄海絶妙」でお察しのとおり、清水寺は西の斜面に向こうて建ってる。下から台地を見上げると、お寺や神社の杜《もり》、杜、杜。まあ今はその面影をすっかり失くしてしまいましたけど、昔は緑色の帯が空の下に横たわってたんやないでしょうか。

西側から寺町に行くための道は、必定《ひつじょう》、坂道になります。大きいもんは七つ。北から南に向こうて、真言坂《しんごんざか》、源聖寺坂《げんしょうじざか》、口縄坂《くちなわざか》、愛染坂《あいぜんざか》、清水坂、天神坂《てんじんざか》、逢坂《おうさか》とあって、天王寺《てんのうじ》七坂とか大阪七坂と呼ばれます。わたしは、その七坂を縄張りにしてたわけです。

かれこれ五十年以上も前になりますか。え、おまえはいくつやて？　面目ない。老け込んで七十代に見られがちですけど、まだ六十を過ぎたとこです。せやよって、これからお話しいたしますのんは、わたしが十歳かそこらの時のことです。

やんちゃ仲間は二人おりまして、ガラス屋の息子でしっかり者の岳郎《たけろう》と、親父さんが税務署に勤めていたいちびりのオサム。いちびりいうのは、ふざけるのが好きなお調子者のことです。オサムは、税という字を書きました。堅い仕事を継がせたいという親心からそうつけたんでしょうけど、当の息子はのちに水商売で大儲《おおもう》けして、せっせと脱税に励んだようです。ちなみに、うちは四天王寺《してんのうじ》さんへの参道に店を出してる仏具屋でした。今は兄がやってて、そこそこ繁昌《はんじょう》してます。わたしはというと、情けない有り様で……まあ、そんなことはどうでもよろし。

わたしら三人やのうて、いつももう一人、女の子が一緒でした。岳郎の三つ下の妹で、比奈子《ひなこ》といいます。妹がついてきたら荒っぽい遊びがしにくいし、仲間にいちいち気を遣わす。そう思うたんか、最初のうち岳郎は申し訳なさそうにしてましたけど、税もわたしも平気でした。当時は、年の離れた同士がよう雑《ま》ざって遊んでましたから、ちょっとも気にせなんだ。それどころか、税もわたしも男兄弟しかいてなかったせいもあって、わが妹のように庇護《ひご》してやることに歓びを覚えたぐらいです。

またね、この比奈子が可愛《かい》らしかった。いつも家で切ってもらうオカッパ頭はけったいな具合で、目と目の間が蛙みたいに離れてて、冬になったらしょっちゅう鼻水垂らして。愛嬌《あいきょう》はあったけど、美少女やったわけではありません。それでも、舌足らずなしゃべり方やら、何でもない無邪気な仕草が可愛らしいてねぇ。わたしら、ヒナちゃんて呼んでました。ヒヨコみたいでしょう。そういうたら、よう黄色いセーター着てた。「うちにもヒナちゃんみたいな妹がおったらよかったのにな」「ほんまやな」てなことを税と話したもんです。

子供にとっては恵まれた環境でした。神社お寺だらけなんで隠れんぼやら鬼ごっこやら忍者ごっこには打ってつけでした。神様仏様の前で銀玉鉄砲の撃ち合いもやった。鬼ごっこをした時、ヒナちゃんは当然ながらごまめです。これは関西の言い方で、よその地方には別の呼び名があるんでしょう。ほら、摑《つか》まっても鬼になるのを免除される、いう年少者向けの特権のことです。鰯《いわし》のちっちゃいちっちゃい幼魚の佃煮《つくだに》を、田作りとかごまめ言いますでしょ。年少者のいたいけなさを、あれに喩《たと》えてるわけです。

優しいて、ええ言葉やと思います。

ヒナちゃんは、わたしによう懐いてくれました。もちろん、税にも懐いてたんですけど、特にわたしに甘えるんです。「あんな、あんな、うちな」言うて、一生懸命、好きなラジオの番組や漫画のことを話しながら、擦り寄ってくる。親愛の情を注がれるのはうれしいもんですよ。まして、その相手が年下の女の子やったら、なおのこと。税はときにそれが面白ない。不満げな表情を見せることもありました。三つ下の、友だちの妹の気を引こうとして、「ヒナちゃん、見てみ見てみ」言いながら、神社の石垣から無理して飛んでみせたり、ヒナちゃんが笑《わろ》た冗談をあくる日もひつこう繰り返したり。清水寺の舞台から飛び降りるふりをして、みんなを慌てさしたこともある。思い返したら滑稽《こっけい》です。

学校の休み時間に、ぼそっと岳郎に耳打ちされたことがあります。「いつも比奈子を喜ばせてくれて、おおきに。これからも頼むわな」言うて。真顔でした。えらい水臭いやっちゃなぁ、と思いましたよ。けど、そういう岳郎の気持ちが判らんでもなかったんです。

ヒナちゃんは、幼児期に高熱を出す病気にかかったんが原因で、知能の発育が人よりなんぼか遅れてました。行儀がようて素直な子やったんですけど勉強はついていきにくうて、学校では借りてきた猫よりおとなしいしてるらしい。ろくにしゃべらんから友だちもできん。「あいつ、学校で笑たことはいっぺんもないと思うで」と岳郎は言うてました。それが、わたしらの仲間に加わったら、けらけら笑う。わたしには甘えん坊の猫みたいに擦り寄る。わたしらは、ヒナちゃんに安らぎを与えてた。兄として、岳郎はつくづくうれしかったそうです。

ここで告白しときましょか。もしかしたら、税やわたしがヒナちゃんを可愛がった裏には、あの子を不憫《ふびん》に思う気持ちが幾許《いくばく》かあったんかもしれません。かわいそうな子に、ええことしてあげてるんや、と。「これからも頼むわな」言う岳郎に「そんなん当たり前やないか」とわたしは答えました。胸に手をやってみると、その時、恩に着せる気持ちがあったような……。なかったんかもしれませんけどね。真夏には汗みずくになったし、冬には粉雪がちらちら舞うている中ではしゃぎました。わたしら、ほんまに仲がよかったんです。

年があらたまり、松飾りも取れた頃。ヒナちゃんは、いつにのう上機嫌でした。きゃっきゃと笑いながら、清水坂をだーっと駈け下ります。税やわたしが呆《あき》れて見てると、坂の下から大声で叫びました。

「うち今日、誕生日やねん！　晩にお母ちゃんが買《こ》うてきてくれたシュークリーム食べるねん！」

そんなことかいな、と納得してたら、税が坂を転がるように走りだす。岳郎とわたしが追いついたら、税は涼しげな水色のビー玉を「そしたらこれ、バースデー・プレゼントや」ヒナちゃんに渡してました。用意してたもんやのうて、たまたまポケットに入ってたらしい。ヒナちゃんが喜んだこと。前からそのビー玉に興味を示してたからです。税は満足げで、わたしはプレゼントできる適当なもんを持ってなかったから悔しかった。

と、なんやきれいなもんを視野の片隅に見つけました。山茶花《さざんか》です。これをあげよう。わたしは赤い花を摘んで、ヒナちゃんのオカッパ頭に挿してやりました。ヘアピンに挟むと、立派な髪飾りです。近くの家のガラス戸に映った自分の姿を見て、ヒナちゃんは歓声をあげたやないですか。身を捩《よじ》らんばかりにして言います。

「ええ誕生日や。よかった、今日はほんまにええ日！」

税やわたしにとっても、ええ日になりましたし、岳郎は「おおきに」と言ってくれました。忘れられん日です。

「このビー玉、大事にするわな。この花はあとで押し花にするねん」

そんなヒナちゃんの声を、今もありありと思い出せます。


京都の清水寺を模した大阪の清水寺には、音羽の滝もどきもあるとお話ししました。こっちのんは玉出《たまで》の滝と言います。谷町《たにまち》筋を挟んだ向こう、四天王寺さんに湧き出る水を引いたもんで、滝というても人工の滝ですけど。どんなもんを想像します？　音羽の滝を知ってはったら、あれを思い浮かべてください。さすがはコピーだけあって、よう似てます。覆屋《おおいや》の下から筧《かけい》が三本突き出してまして、そこを伝《つと》うた水が糸のような筋になってちょろちょろと落ちる。高さは、どっちも四、五メートルでしょうか。

音羽の滝のまわりは参拝客というより観光客だらけですが、玉出の滝は静かなもんです。境内にある墓地を抜け、石段を降りていって、左手に曲がった奥にひっそりとあります。三方を懸崖《けんがい》に囲まれてるので、知らんかったらまさか大阪市内で唯一の滝がそこにあるやなんて誰も思わん。こちらの滝では行をする人がおりまして、今でもよう白装束の人が合掌しながら滝に打たれてはります。糸みたいな落水に打たれるだけで、足首ぐらいしか水につからん滝行ですけど、やったら身が引き締まるんでしょう。

清水寺の姿は移ろうても、玉出の滝の佇《たたず》まいは当時とほとんど変わってません。墓地を拡張するため、滝の裏手をなんぼか削って均《なら》したぐらいですか。昔は、もっと懸崖が高《たこ》うて、木がぎょうさん植わってた。それから、今は筧に渡したプラスチック製のパイプから水が流れ出してますけど、以前はそんなパイプはなかった。地下鉄工事の影響で、湧水の量が減ったからでしょうか。筧にじかに水が流れてる方が、より趣が深かったようにも思います。

わたしら四人にとって、そこもお気に入りの場所でした。遊び疲れた時、気軽に立ち寄れる休憩所です。その一角だけが、騒がしいもんと切り離された小宇宙、ささやかなユートピアと感じてもいました。あたりに大人の目はのうても、さすがにやんちゃ仲間も厳かなものを感知して、そこで水遊びしたりはしません。滝の前の床机に並んで腰掛け、バチバチと石を打つ間断ない水音を聞きながらぼけーっとしたり、しょうもない話をしたりするだけでした。

一心寺さんや愛染さんの桜が散って春が過ぎ、蟬時雨《しぐれ》がいつのまにか止んで夏が行きます。二学期が始まってすぐ、珍しいことにヒナちゃんがついてきてないある日のことです。玉出の滝の前で、岳郎が打ち明け話を始めました。

「うちのお父ちゃん、ろくに働かんと賭《か》け事ばっかししてるさかい、お母ちゃんが怒って昼間からしょっちゅう喧嘩《けんか》してる。ガラス屋やのに、店の中でもの投げ合いしたりして。この前、お母ちゃんに言われたわ。『お父ちゃんにどつかれるの、こりごりや。いよいよ我慢できんようになったらこの家出て、泉佐野《いずみさの》の伯母《おば》ちゃんとこ行くから、今からそのつもりでおりや』。……そうなったらおれや比奈子、学校替わらなあかん」

泉佐野の伯母さんは駅前で洋品店をやってて、生活に余裕がある。岳郎の母の現状を嘆いている。妹を呼び寄せて商売の手伝いをしてもらいたがってる。岳郎はそれやこれやを勘案して、両親が破局を迎え、母親が子供たちを連れて家を出るのは時間の問題と覚悟してるようでした。深刻な話に、税とわたしは言葉が見つかりません。

「そうなんか」「大変やな」と言うたきりで、あとは滝の音だけが響きました。

岳郎が妹を連れてきて、ごまめに加えたんにはわけがあった。家庭に殺伐とした空気があったから、なるだけ外へ出してやりたかったんです。

母親は、ぎりぎりまで我慢したんでしょう。それでも堪《こら》えきれんようになり、岳郎の不安が現実のものになったんは、十月の初めです。よっぽどのことがあったんか、岳郎の母親は子供らの手を引いて突風の勢いで家を出ました。父親が競馬に出掛けている間に、荷物をまとめて。税もわたしも、別れの挨拶《あいさつ》をすることもできなんだ。岳郎の両親は、そのまま離婚したそうです。

その日から、わたしの遊び仲間は税だけになってしまいます。鬼ごっこや隠れんぼはできませんし、銀玉鉄砲での撃ち合いも虚《むな》しい。そのかわり、子供っぽい遊びから卒業する時期にさしかかってたせいもあってか、二人で前よりようしゃべるようになりましたけど。

一週間ほどして、岳郎から電話がありました。

「伯母さんのとこで元気にしてるさかい、心配せんといて。比奈子も元気やで。おまえらと会いたがって淋《さび》しがってるけど。近いうちにこっちの学校に替わる。がんばるわ。また連絡するから、そのうち遊びに来てや。こっちから遊びに行けたら行くし。税にもこれから電話しとくわな」

泉佐野なんか、新今宮《しんいまみや》から南海《なんかい》電車の特急に乗ったらものの三十分で着きます。小学生にとっては遠いとこでしたけど、休みの日に税と二人で訪ねていけんこともない。

わたしらは機会を待ってました。ところが、電話で訊《き》いても岳郎が「うん」と言いません。向こうの様子が判らんのでもどかしかったんですけど、岳郎の言の葉を繫《つな》ぎ合わせると、どうも頼りにしてた伯母さんが体を壊して、あっちはてんてこ舞いらしい。となったら、無理やり押しかけても行けんやないですか。「比奈子が新しい学校に馴《な》染《じ》めんで、毎日泣いて帰る」と聞いて胸が痛んでも、行って色んな人の迷惑になったらあかん。「行く行く」か「来て来て」いう連絡を待つしかない。

けど、十二月になると、電話も途絶えてしまいました。

あれは冬至《とうじ》の前。心持ち陽が傾きかけてましたから、四時過ぎです。わたしは何をするでもなく、玉出の滝にいました。床机に掛け、四人で楽しく遊んだ日々を回想したり、岳郎とヒナちゃんのことを案じたりしながら。百度石のまわりをヒナちゃんが仔犬《こいぬ》みたいにくるくる回ってた姿を思い出して頰が緩んだかと思うと、それが過去のもんになった淋しさが込み上げたりする。

その横に稅はいません。わたしは、独りになりたかったんです。人の姿も風もなく、三筋の水はまっすぐ落ち続けてます。単調な水音を聞いてるうちに心が体を離れ、どこか遠くへ飛んで行ってしまいそうでした。

目を開けたまま夢を見てる気がして、ずっとそうしてたかった。けど、爪先《つまさき》からだんだん冷えてきて、いつまでもはおれません。帰ろか、帰らな風邪ひいてまう。そう思いながら立つのも面倒で、なおしばらく座ってました。

そしたら。

真ん中の筧から落ちてくる水が、赤《あこ》う染まりました。一瞬のことです。たちまち色は失《う》せ、もとの水に戻ります。いったい何が起きたんか、すぐには判りませんでした。何やろう、と腰を上げて近づいてみたら、水面に花弁が浮いてるやないですか。一輪の山茶花《さざんか》でした。

思わずぐるりを見渡しました。三方の懸崖にはいくつかの段差があって、石垣を組んだ上が木立になってるんですけど、山茶花の木はありません。赤い花弁はどこからきたんやろ？　四天王寺さんの湧き水が地面の下をくぐって出てくる途中、まぎれ込む間なんかあれへんのに。わたしが味おうた何とも言えん気分をお察しください。黄昏《たそがれ》が迫ってきたせいもあってか、怖《こお》になりました。逃げるように帰って、そのことは考えんようにしたんですけど、山茶花の花が筧からこぼれ、しゅっと落ちる情景が頭を離れません。思い返すと妙な胸騒ぎがする。

その晩、岳郎から電話がかかってきました。

ヒナちゃんが死んだことを告げる電話です。

あったままを気丈に最後まで話してくれました。幼い物言いを意地悪な同級生に嗤《わら》われ、傷ついたあの子は学校を飛び出したんやそうです。家にもよう帰らず、北へ向こうて国道沿いをふらふら歩いてたらしい。そいで注意力が散漫になってたせいか、よう確認せんまま横断歩道を渡ろうとして、車に撥《は》ねられたんやそうで……。

病院に担ぎ込まれた時は、かろうじて意識があった。すうっと目を閉じて永眠したのが、夕方四時過ぎのことやったといいます。北へ向こてたということは、もしかしたら半べそをかきながら大阪を目指してたんやないか、と思うとたまりません。

号泣しながら詫《わ》びました。

つらい時、そばにいてあげられへんで、ヒナちゃん、ごめんな。岳郎もごめん。ヒナちゃん、お別れを言いにきてくれたのに。あの花弁がせやったんやろ？　阿呆《あほ》やから怖がって逃げてしもた。こんなん税に言われへん。ほんまにごめん、堪忍やで。

……謝っても謝っても、自分が赦《ゆる》せませんでした。

あくる日、学校の帰りに走って滝に行ってみました。赤い花弁は、どこにもありません。

この世の外へ、流れていったんでしょう。

お聞きいただいて、ありがとうございます。

こうしてる今も、三本の筧《かけい》から三筋の水が落ちてる。絶え間なく水音をたててる。

その様を、しょっちゅう思い描いてしまいます。あれからもう五十年以上たつのに、山茶花の花を見かけるたびにヒナちゃんを思い出します。

どこのどちらさんか存じませんけど、拙《つたな》い話に最後までお付き合いいただいたのも何かのご縁。もし四天王寺さんをお参りでもした後、お時間があってお気が向いたら、いっぺん清水寺も訪ねてくれはりませんか。ほん近くです。玉出の滝をご覧あれ。

それから、お寺の脇の清水坂、下ってみてください。小さいわたしらが、何べんとのう上ったり下ったりして遊んだ坂。なだらかで優しい坂を。

その下には清水坂と刻んだ碑が建ってて、冬訪ねたら、傍らに山茶花が咲いてます。

愛染坂
あいぜんざか

行きつけの喫茶店でコーヒーを飲んでから、谷町《たにまち》筋を南へふらふら歩いた。机に向かう意欲が湧かなかったので、気分転換の散歩だ。

堀越《ほりこし》神社あたりにきたところで、ちょっとしたアイディアが閃《ひらめ》いた。創作の行き詰まりを打破する糸口が見つかったようだ。歩きながら考えをまとめたかったのだが、雲行きが怪しい。見上げた空は今にも泣きだしそうなのに、傘がない。散歩は切り上げて踵《きびす》を返した。

風が湿り気を帯びている。それを頬に受けながら特許情報センター近くにきた時、谷町筋を挟んだ向こうから地車囃子《だんじりばやし》が聞こえてきた。

「そんな季節か」

足を止めて呟《つぶや》いたら、傍らで見知らぬ老婦人が「そうですね」と応《こた》えた。

「気がついたら六月も今日で終わり。早いですわなぁ」

愛染《あいぜん》祭り。大阪で最も早い夏祭りが始まったのだ。明日《あした》が本祭り、その翌日が残り福になる。宵祭りにあたる今日は、四天王寺《してんのうじ》の管長や高僧によって夏越《なごし》の祓《はらえ》の大法要が行なわれる。それに先立って、谷町筋を練り歩くのが宝恵駕籠《ほえかご》行列だ。四天王寺に立ち寄り、参道の商店街を通った行列が再び大通りに現われるところであった。

浮き立つような鉦《かね》と太鼓の音の後ろから、元気な掛け声が聞こえてきた。

愛染さんじゃ
ほーえーかーご
別嬪《べっぴん》さんじゃ
ほーえーかーご
商売繁盛
ほーえーかーご

「ほーえーかーご」という男衆《おとこし》の声と、明るくどこか甘えたような娘たちの声。

行列が渡ってくるのを待った。色とりどりの風船と愛染かつらや朝顔の造花、紅白だんだらの布で飾られた駕籠は豪華絢爛《けんらん》とは言いがたかったが、手作りの味わいがあった。「宝恵かご」と書かれた提灯《ちょうちん》が揺れている。聖徳太子《しょうとくたいし》が始めた日本最古の夏祭り。悠久の伝統を持ちながら、昨今は担ぎ手を集めにくくなり、駕籠の下に車輪がついているのはご愛嬌《あいきよう》だろう。

かつてその駕籠に乗り込んだのは花街の芸妓《げいぎ》だったが、今は一般公募で選ばれた愛染娘。駕籠に乗る娘も、まわりで団扇《うちわ》や幟《のぼり》を持って囃《はや》す娘も、みんな浴衣姿だ。大阪ではこの日に合わせて浴衣《ゆかた》をおろす風習があったため、浴衣祭りともいう。

「ええなぁ、浴衣の娘さんは。ね？」

老婦人は用があるのか、名残り惜しそうにしながら去った。彼にひと声掛けたのは、浴衣姿の娘たちに見惚《みと》れていると思ったからかもしれない。近くに住みながら行列に出会《でくわ》したのが初めてなので眺めているだけなのだが。

と、額に雨粒が当たった。曇り空がこらえきれなくなったようだ。彼は見物を諦《あきら》め、大阪星光学院《おおさかせいこう》の角を左に曲がった。行く手にある勝鬘院《しようまんいん》・愛染堂が宝恵駕籠の終点で、法被をはおった男たちが行列の到着を待っている。本堂の前で威勢よく〈駕籠上げ〉をするのだ。境内は、すでに見物客でいっぱいになっていた。

娘たちを乗せた駕籠が高々と持ち上げられるところを見てみたかったが、濡《ぬ》れるのは嫌だ。行列がからくも雨に遭わなかったことを祝福しながら、門前を通り過ぎた。

勝鬘院の先には、〈夕陽岡〉の碑がある大江《おおえ》神社。道は狛犬《こまいぬ》の左で愛染坂に続く。

坂道にかかったところで、彼は間違いに気づいた。神社の境内を突き抜ければ百一段の石段がある。百歳《ももとせ》の階段という。そこを下るはずであった。

上町《うえまち》台地西端の谷町筋とその下の松屋町《まつやまち》筋の間には、急な傾斜がある。彼が日常的に使うルートは、大江神社の石段か、愛染坂か。どちらでもかまわないようなものだが、引っ越してきた頃からおかしな決まりを自分に課していた。石段と坂を交互に使うのだ。行きが石段、帰りが坂道という規則ではない。用事があって別の坂から徒歩やタクシーで帰宅することもあるから、歩いて上り下りする場合に限っての決まりだ。

何も強迫観念に駆られた神経症的な行為ではない。坂を上るルートが並行して二つあり、どちらかを選択しなければならない。右か左か。毎度毎度選ぶのが億劫《おっくう》だから規則を作ったまでだ。

喫茶店への行きしなは愛染坂を通ったから、帰りは石段を下るつもりだった。やり直したい気もするが、小雨の中、わざわざ引き返さねばとは思わない。これまでにもうっかり間違えたり、どちらの順番か判らなくなったりしたこともあるのだし、まあいいか、と歩調を速めた。

右手は大江神社の石垣で、頭上から木立の葉擦れの音がする。左手では大阪星光学院のグラウンドが次第に高くなっていき、塀とフェンスが延びていた。傾斜のきつい坂の敷石には、滑り止めのため稲妻形の溝が刻まれている。急な石段を男坂、それよりはなだらかなこちらを女坂とも呼ぶそうだが、楽に歩ける坂ではない。

傘を持っていない女が一人、髪が濡れないようハンドバッグを頭上に翳《かざ》しながら坂を上ってきた。白地に黒の水玉模様をあしらったワンピースは、いくつになっても着られる。距離が詰まるまで齢《とし》の頃が読めなかった。

二十代の後半。五メートルばかりまで近づいたところで、ようやく見当がついた。鼻筋が通った涼しげな顔をしている。ほんのりと薔薇《ばら》色をした頬は、若々しく健康的だ。それなのに、何がその心を煩わせているのか、物憂げで目を伏せていた。パンプスを履いた右足を引きずるようにしているのは、靴擦れでも起こしたせいか。

視線を逸《そ》らさなくては。そう思ったのに、しくじった。女とまともに目が合ったものだから、彼は軽く会釈をする。そして、さらりとすれ違おうとした。

「青柳慧《あおやぎさとる》──」

名前を呼ばれて驚く。

「──先生ですか？」

坂のほぼ真ん中で、二人は同時に立ち止まった。慧は、今度はまじまじと相手の顔を見ながら答える。

「はい、そうです」

心当たりがない。どちら様ですか、と訊《き》きかけたところで女が頭《こうべ》を垂れた。

「突然に失礼しました。わたしは、先生の御作の読者です」

「はあ」と戸惑いながら前髪を掻《か》き上げた。

「二年前にデビューなさった時からファンなんです。今月の〈小説四季〉に掲載された作品も拝読して、感銘を受けました。まさかこんなところでお目にかかれるやなんて、信じられません。あの、その……」

さっきまでの暗い表情はどこへやら。花が開いたように微笑みながら、呼び止めたことを今さら恥じるように口ごもる。ハンドバッグを胸に抱いてはにかむしぐさが愛らしい。髪のあたりから、仄《ほの》かにいい香りがした。

「それはどうも。これからもご愛読をよろしくお願いいたします」

見ず知らずの人間から、面と向かってファンだと言われたのは初めての経験である。しかも相手が妙齢のご婦人とあればなおのことで、慧は素直に喜んだ。ワンピースの女は、うつむいて照れ笑いしている。こちらが気をよくしたせいではないだろうが、間近で見るほどに魅力的に映ってきた。

もっと気が利いたことは言えないのか。小説家なら相手が思いもつかなかった言葉で応えるべきだろう、と思ったが、どうにもならない。小学生並みの語彙《ごい》しかなくなってしまっている。

が、女はいたく感激の様子だ。ピアス、ネックレス、ベルト。いずれもおとなしいデザインで、ふだんは落ち着いたタイプなのだろう。それが今は、憧《あこが》れの王子様を前にして狼狽《ろうばい》しているかのようではないか。華やかな賞を獲《と》っているとはいえ、こちらはまだまだ若輩者なのに。慧は、作家になってよかった、とまではしたなく思う。

「あの……」

はっきりと頬を染めて、女はためらう。握手を求められるのだな、と確信した。望むところだ。白く細い指をした手は、ひんやりと冷たいに違いない。握ればさぞ気持ちがいいだろう。

「わたしも小説を書いています。いつか作家になって、また先生とお会いできる日があるように……。それを目標にしてがんばります。お呼び止めして、大変失礼しました」

「あ……」

ならばせめて励ましの言葉を贈りたかったのに、それより先に女は一礼し、また右足を引きずるようにして歩きだした。しばしその背中を見ていたが、振り向く気配はない。ひどく無念だった。

雨が少し強まってきた。女の姿が坂の上に消えるのを見届けてから、慧は走りだす。

何やら胸の芯《しん》が熱くなって、体が勝手に動いてしまう。あれしきのことで有頂天とは滑稽《こっけい》な、と自分を嗤《わら》いたくなった。

小路を抜け、広い通りに出た。松屋町筋といえば大阪では玩具《おもちゃ》の問屋街として有名だが、その南のはずれになるこのあたりは何故か昔からバイクショップが犇《ひし》めいていて、それ以外の商店は疎《まば》らだ。彼が身を寄せている叔母《おば》の家は、二階建ての民家である。

玄関を入ると、すぐに台所。叔母の夫である良明《よしあき》が、雑誌を広げて腕組みしていた。二十八年も勤めていた製菓会社をこの春にリストラされ、失業中の身だ。しかし、蓄えは潤沢《じゅんたく》らしいし、来月には旧友の会社に再就職することが決まっているので、長期休暇を楽しんでいる風情だった。叔母が近くで美容院を経営しているので、目下は髪結いの亭主の生活を満喫している。

無性に喉《のど》が渇いたので、「ただいま」と言うなり冷蔵庫を開け、冷えた麦茶をごくごくと飲んだ。コップを流しに置いたところで、彼の帰宅に初めて気づいたように良明は顔を上げる。

「慧君。〈昔の鳥〉って、何やろうな。カで始まって四文字」

今日も飽きずにクロスワード・パズルで無聊《ぶりょう》をかこっていたのだ。黒縁眼鏡の奥の目は、とろんと眠たげだ。

「カササギやないですか？　昔偏に鳥と書いてそう読みます」

「鵲《かささぎ》ね。お……いけるやないか。多分、合《お》うてるわ。せやけど、昔偏てなこと言うか？　聞いたことない。小説家なんやから、正確に教えてくれなあかんで」

「あとで調べときます」

良明は、サインペンにキャップをした。パズルを解くのは小休止らしい。ああ、雨か。

「えらい慌てて帰ってきたな。白皙《はくせき》の美青年がドタバタ走るもんやない。肩のへんが濡《ぬ》れてる」

「パラパラときただけです。じきに止むでしょう。天気予報は晴れやったし」

「梅雨なんやから傘は持って出んと。――どこ行ってたんや？」

良明の前の椅子に掛けた。

「筆が進まんようになったんで、いつもの喫茶店で油を売ってただけです。帰りに宝恵駕籠《かご》行列を見ましたよ」

「愛染さんじゃ、別嬪《べっぴん》さんじゃ」

おどけて娘たちの声を真似た。

「あれは女の祭りや。新しい浴衣《ゆかた》着て、縁結びの神さんにお参りして、楽しいやろな。自分で『別嬪さんじゃ』と連呼できるし」

「ええもんですね」

父を四年前、母を三年前に亡くした慧は、二年前からこの家で暮らしている。ちょうどその頃、良明が福岡に単身赴任をしていたので、「用心棒代わりになるから、うちにきてちょうだい」と叔母に頼まれたのだ。家賃がゼロになるので、ありがたく承諾した。良明が大阪に戻ってからも、叔母は彼が留《とど》まることを望んだ。可愛くてたまらぬ甥《おい》らしい。そして、彼が大きな文学賞に輝き、小説家として前途を嘱望されるようになってからは、自慢の甥と周囲に公言している。

「で、どやった。慧君好みの別嬪さんはおったか？」

「うーん、それが」

「残念な結果か」

「いてたんです。行列の外に」

「そういうこともあるわ。沿道で見物してた女の子にときめいたんや」

「そうやのうて、愛染坂で」

愛読者と言葉を交わしたこと、それが別嬪さんだったことを話した。すると、剽軽《ひょうきん》で気さくな元営業次長は、したり顔で頷《うなず》く。

「ええやないか、よかったんやないか。あの坂をうろちょろしてたということは、家がこの近くなんやないか？」

「さあ、知りません」

「知りませんって……。連絡先ぐらい訊いたやろ？　ああ、携帯電話の番号では住所は判らんか」

「違いますって」

これだけの言葉を交わしただけだ、と説明したら、良明は憐《あわ》れむような目で慧を見た。

「何をしてんねんな、絶好のチャンスを逃したやないか。もったいないことしてからに。縁結びの神さんも怒らはるで」

聖徳太子が勝鬘経《しょうまんきょう》を講じたことにちなむ勝鬘院は四天王寺の支院だが、愛染堂の本尊は愛染明王だ。

「ひょっとしてぼく、叱られてるんですか？」

「せや。おれが愛染さんの代理で叱ってる。慧君、きみな、愛染さんパラパラいうのを知らんのか？　あ、知らん。それで」

納得されてしまった。まるで合点がいかない。

「あのな、愛染祭りていうのは、六月三十日から七月二日まで。梅雨のさなかやろ。たいてい三日のうちの何日かは雨に降られる。これが愛染さんパラパラや」

「はあ」

「男女でお参りして、行きか帰りに愛染さんパラパラに遭《お》うたら、二人は幸せになれる。ま、そういうこっちゃ」

初耳である。

「お天気がようない中、参ってくれたカップルに対する粋《すい》な計らいですか。せやけど、ぼくとその人とは坂ですれ違《ちご》うただけです。一緒にお参りしたわけやない」

「それに近い状況やないか。愛染さんが悪いようにするはずがない。せやのに名前も連絡先も訊《き》かずに別れるやなんて、迂闊《うかつ》もええとこや。ほんま惜しいことしたな」

慧は苦笑して、「そうかもしれません」と応《こた》えて立ち、二階の奥の部屋に戻った。すぐ机に向かい、パソコンのモニターに書きかけの原稿を呼び出す。

散歩中に得た着想を思い起こそうとしたが、きれいさっぱり忘れていた。浮かぶのは、愛染坂で出会った女のことばかりで、「ほんま惜しいことしたな」という良明の声が頭の中で谺《こだま》する。

窓の外で、まだ小雨がパラパラしていた。

高校時代から創作を始め、大学を卒業してからもアルバイトをしながら書き続けた。老舗《しにせ》出版社の新人賞に入選したのは、同じ大阪市内の叔母宅に移ってきてまもなくのこと。「あんたの両親が生きてたら、どんなに喜んだことか」と嗚咽《おえつ》する叔母の背中をさすらねばならなかった。それから二年の間に、長編小説を三冊上梓《じょうし》した。第三作で有名な文学賞を受賞し、着実に文名を上げつつあったのだが——。

ここにきて躓《つまず》いた。満足のいくものが書けなくなったのである。〈小説四季〉八月号に発表した短編は、各方面で酷評を受けた。噂によると、出版局長が「あんな凡庸な情話は没にするのが思いやりだ。作家に瑕《きず》がつくだろう」と編集長を叱責したとか。

それを聞いて身が縮む思いがした。悶々《もんもん》として、夏が過ぎる。

そんな折に、かねて文学学校から依頼されていた講演を行なうことになった。演題は「わたしがデビューするまで」。ありのままを語ればいいから、さして難しい仕事ではないが、書けない時に作家志望者らの前に出るのは気が重いことだ。半年前から決まっていたことなので、断わりようがなかったのである。

教室に集まったのは、老若男女およそ五十人。椅子からあふれた生徒が壁際に立ち、熱心に耳を傾けてくれた。それはありがたかったが、熱気に押されてろくに顔が上げられない。スランプで自信がぐらついていたせいもあろう。ノートにまとめていったことを訥々《とつとつ》と吐き出し、何とか時間いっぱい務め上げた時は、すっかりくたびれていた。

質疑応答に移ると、いくつも手が挙がる。答えやすい質問ばかりだったのでようやく緊張がほぐれ、聴衆を見渡す余裕もできた。真ん中あたりで、細く白い腕がすっと伸びている。挙手している女の顔を見て、彼は喫驚《きっきょう》した。

「それでは最後。えーと、久石《ひさいし》さん」

司会役の校長が指したのは、まさに彼女だった。久石という名を急いで心に刻む。

やや硬い表情で立ち上がった彼女は、口をぱくぱくさせた。もちろん何事か質問したのだが、内容が頭を素通りしてしまう。「失礼ですが、もう一度」と繰り返してもらった。

「物語の流れは何とか作れるのですが、適切なエピソードを嵌《は》め込むのが苦手です。何かアドバイスをいただけないでしょうか。よろしくお願いいたします」

「それは……」と言ったきり絶句してしまった。気を遣った校長が「もう少し具体的にお尋ねしたら？」と久石に促す。

「いや、ご質問の意味はよく判ります。実は、わたしも同じようなことで悩んだ時期がありまして――」

懸命に答えようとしたが、抽象的な話しかできない。もっと実践的な助言をしなくては、と焦るほどに話にまとまりがなくなっていく。額に汗が浮かんできた。

「――といったことが考えられるのですが、どうも短くは語れません。もしお時間があるのなら、この後でくわしくご説明いたしますが……いかがですか？」

女は、口許《くちもと》をほころばせた。

「ぜひ」

青柳慧は難しい質問に困っていったん時間を稼いだのだな、と思った者がその場にいただろう。はずれてはいないが、それだけでもない。愛染坂の二の舞になってたまるか、という思いからの策略でもあった。

講演を終えて控え室に戻り、校長に労《ねぎら》われているところへ彼女がやってきた。表情が緩んで、見覚えのある微笑を浮かべている。右足は、もともと不自由なようだ。

「そこへ座りなさい。青柳先生から特別にお話が聴けるぞ。――先生、彼女は久石美《み》咲《さき》さんといって、わが校の期待の星なんですよ。医療事務の仕事をしながら、ばりばり書いてプロを目指しています」

「怖いもの知らずで書き殴っているだけです」

「どんどんお書きになることです」

彼は、興奮を鎮めるのに必死だった。諦《あきら》めかけた頃に意外な形で再会できた。愛染さんは、やはり粋な計らいをしてくれたらしいが、できるならもう少し早く会わせて欲しかった。そうすれば、やるせない夏を送らずにすんだものを。

「どんなものをお書きになっているんですか？」

興味があった。美咲は、おずおずと答える。

「先生ほど艶《つや》っぽくありませんが、男女のことを描いたものなどを」

「うん、青柳先生がお書きになるものは艶っぽいねぇ」校長が割り込む。「読んでいて、ぞくっとする。この若さですごいもんです。久石さんの作品も、なかなかですよ。〈文藝海〉の新人賞に投稿したものが、最終選考まで進んでいるそうです。――さあ、久石さん。がんばって先生に色々とお尋ねして。先生、わたしは事務局に用事がありますので、ちょっと失礼します」

二人きりになると、美咲は潤んだ瞳《ひとみ》で言った。

「またお会いできて光栄です。まだ作家になっていないのに、こんな機会がくるとは思ってもみませんでした」

「天の配剤でしょうか。でも、作家志望の久石さんが文学学校に通っていらして、作家のぼくがそこに招かれる。何の不思議もない。あるいは、思っていたより大阪が狭いのかもしれませんね。それにしても、〈文藝海〉の最終まで残っているとは大したものです」

「落ちる覚悟はしっかりできています」

会話が転がって弾んでいく。小説が間を取り持ち、話すことはいくらでも見つかった。


美咲と初めて出会った日の宵。

再び彼はふらりと家を出て、愛染堂へ向かった。もしかしたらあの女性がいるかもしれない、と儚《はかな》い希望を抱いて。たくさんの夜店が出て、境内も寺の周辺も人でごった返していた。林檎《りんご》飴《あめ》や綿菓子の甘い匂い、子供たちのはしゃぐ声、境内に設けられた舞台からは地車囃子《だんじりばやし》。子供時代を思い出して、どれも懐かしかった。

浴衣《ゆかた》姿のカップルや「今な、愛染さんにきてるねん」とうれしそうに携帯電話で話す女子高生に押されながら歩いたが、求める顔は見つからない。境内の隅に聳《そび》える愛染かつらの前では、恋人同士が写真を撮ってもらっていた。桂の巨樹に赤橙色《あかだいだいいろ》の花を咲かせる凌霄花《のうぜんかずら》が絡まった様が夫婦和合の象徴とされる霊木で、かつてこの近くで暮らしていた川口松太郎《かわぐちまつたろう》の名作『愛染かつら』はここから採られたという。それを横目に朱塗りの薬医門《やくいもん》と表門をくぐり、坂道を下って帰った。

翌日は、良明に誘われた。

「例の別嬪《べっぴん》さんを捜しに愛染さんに行こやないか。ひょっとしたら、ひょっとするで」

すべてをお見通しで、「今日は付き合ってやる」ということだったのか。古参の美容師の送別会で叔母《おば》の帰りが遅くなると聞いていたから、退屈しのぎに浴衣姿の娘を見に行こうとしただけなのか。そこのところは定かでない。

地車囃子が聞こえてくると、良明の肩は自然と揺れた。お祭り好きの一面があったようだ。にわかに饒舌《じょうぜつ》になった。

「ええな。このお囃子を聞いたら浪速《なにわ》っ子の血が騒ぐ。葬式では、これを流して送って欲しいわ。シンプルにして変幻自在で、自由なこと。フリージャズ顔負けやないか」

「ぼくも好きですよ。むしろロックのリフやないですか」

「慧君、河内《かわち》音頭って好きか？　わし、別に何とも思わん。富田林《とんだばやし》の友だちに言わせたら、そらええもんらしいけど」

「あれはレゲエやサルサのよさでしょう」

「国が違うわけや。河内や泉州《せんしゅう》では、地車いうたら走り回って家の軒にぶつけたりするやろ。勇壮なこっちゃ。わしらからしたら外国の祭りやで」

適当に相槌《あいづち》を打ちながら、慧は視線を四方に巡らせる。祭りの夜とはいえ、そうそう劇的なことが起きるはずもない、と思いながらも、「ひょっとしたら、ひょっとするで」という一縷《いちる》の望みを捨てかねていた。

人波に揉《も》まれながら、金堂の裏に回る。堂々とした二層の多宝塔は聖徳太子が創設し、豊臣秀吉《とよとみひでよし》が再建した大阪市内で最古の木造建築だ。重要文化財に指定されており、大空襲から逃れた数少ない文化遺産である。

「大阪はけったいな土地やな、慧君」

「何がです?」

「古いもんいうたら、『戦前からあります』。もっと古いもんは『太閤《たいこう》さんの時代にできました』。それよりさらに古いもんいうたら、いきなり飛んで、『聖徳太子の時代にできました』やら『仁徳《にんとく》天皇の時代からあります』。鎌倉時代と平安時代の影が薄すぎる。飛びすぎて損してるわな」

「損ということもないでしょうけど」

「イメージが持ちにくいやないか。機能にしてもそうや。煙の都やったり商人の町やったり政治の中枢やったり宗教都市やったり、天皇がいらした王城の地やったり。住んでても判りにくいのに、よその者《もん》にはどんなとこか判らんで」

良明は、家を出る前に缶ビールを一本空けていた。祭りの雰囲気に呼応して、今頃酔いが回っているのだ。

「このへんは伶人町《れいにんちょう》いうけど、伶人《れいじん》いうのは四天王寺で雅楽を奏でた楽人のことや。楽人が住んでいた町やからそう呼んでる。地名だけは、地震や火事にも戦災にも耐えて残るんやな。これからも大事にせなあかん」

生返事をするのも面倒になってきた。慧は、なおあの顔を捜す。あればかりの接触だったのに、ひと目惚《めぼ》れしてしまったとは。大学時代は、叔母が知ったら驚くほど不真面目な遊びに耽《ふけ》り、女を弄《もてあそ》びもした。男友だちから「爽《さわ》やか系の顔と物腰で女の子をまた騙《だま》して。悪いやっちゃ」と揶揄《やゆ》されたのに、今は世にも初心《うぶ》な男になってしまっていた。もどかしく、やるせない。地車囃子がそんな想いを搔《か》きたてる。

残り福の日も境内を虚《むな》しくうろつき、祭りの間だけご開帳される愛染明王に手を合わせた。

形相凄《すさ》まじく、炎のように赤い秘仏に祈ってから四カ月がたった。

東京のホテルでそんな祭りの日のことを寝物語に話すと、美咲は満更ではなさそうだった。枕にしている慧の二の腕をさすって、照れ隠しめいたことを言う。

「どこまでが本当かな。小説家の言うことは信用しかねます」

自分より二つ年下で、つい最近まで尊敬と憧《あこが》れの対象だった男に対して、どういうふうに口をきいたらいいのか迷っているようだ。美咲の話し方はぎこちない。

「作り話やったら、もっと工夫してしゃべってるよ。さりげない技巧を駆使してね。今のは、ありのまま」

「そしたら疑いません。ありがとうございました。でも不思議。わたしのどこがよかったのか……」

「それだけは言語化できへん。男女の出会いの神秘かな」

「不思議やわ。不思議に酔いそう。わたし、こんなに満たされてええのかな」

ほお、と熱い息が洩《も》れて、慧の首筋にかかった。

「酔いそうって……二次会で飲みすぎたんやないの？」

「いいえ、違います。幸運の海を泳ぎながら、急に潮が変わって溺《おぼ》れるんやないか、と不安になっているだけです。あの日あのタイミングで、愛染坂を通ってよかった」

子供が生まれた友人を訪ねた帰り、天王寺七坂のいくつかを上ったり下りたりして散策していたのだ、という話はしばらく前に聞いている。

「ちょうど書き上げた応募原稿に納得のいかんとこがあったから、思案しながら歩いてるところでした。そこへ目の前に青柳慧が現われたんやから、心臓が止まりそうになった。よし、がんばろうと発奮しましたよ。死に物狂いで書き直したおかげで、今日のこの日を迎えられた。今になって思うと、何かに導かれて散策の道を選んでたような気がします。そうでなかったら、こんな幸運は――」

慧が愛染祭りの賑《にぎ》わいをさまよっていたちょうどその頃、美咲は仕事を休み、寝食も忘れて改稿を行なっていたのだ。締切ぎりぎりで無事に原稿を送り終えた直後、倒れて高熱を出したという。その執念は、めでたく報われた。

天井へ向けていた視線を転じ、彼はテーブルの上を見る。ホテルに借りた花瓶からは授賞式でもらった花があふれ、濃密な香りが部屋中に漂っていた。花瓶の脇には、つい六時間ほど前に授与された正賞の腕時計。さらにその横に、慧の部屋のキー。

「今日がわたしの人生最良の日でありませんように。もしそうだったら悲しすぎる。あとは下るだけやから」

「そんなわけはない。美咲さんは、これから人気作家の階段を駈《か》け上がる。請け合うよ。それだけの実力がある」

「うわ、すごい。青柳先生のお墨付きがもらえた」

「青柳先生なんて言うたら、もう冗談にしか聞こえへんで」

二週間前に、名前をさん付けで呼び合うと約束していた。

「どこかの編集者さんに、『東京に出てこないんですか？』と訊《き》かれていましたね。慧さんは、大阪を離れへんつもり？」

そんな拘《こだわ》りはない。そろそろ叔母宅から出たくなっていたし、東京に居を移すことが創作上の行き詰まりを打破するきっかけになれば、と考えないでもない。スランプは、こじらせた風邪のように長期化していた。

「わたしも訊かれたんです。〈文藝海〉の編集長から『こっちにくる気はありませんか？』て。せやけど、独りでは勇気が……」

美咲も両親を亡くしており、身寄りはない。慧より孤独な境遇で生きていた。

「いっそ二人で東京暮らしをしてみよか」

そう言って美咲に向き直ると、強い光を宿した目があった。

「うれしい。……わたしたち、一緒に坂を上れますね？」

無言で頷《うなず》くなり、彼女が抱きついてきた。

蜜《みつ》のように甘い幸福を味わいながら、慧の心の片隅には影があった。常に積極的だったのは自分なのに、美咲に搦《から》め捕られたような気がする。解《げ》せない。

目を閉じると、祭りの夜に見た愛染かつらが甦《よみがえ》る。桂に絡まる蔓《かずら》。男女の和合の印とされるが、見ようによっては女が男を苛《さいな》んでいるようでもある。

幻の愛染かつらは風に吹かれ、幹に巻かれた注連縄《しめなわ》の紙垂《かみしで》がひくひくと揺れていた。

帰ると言うと、叔母に引き止められた。

「良明さんも今日は早《はよ》うに帰る言うてたし、先に食べながら待ったってえな。あんたが久しぶりに晩酌のお相手してあげたら、あの人喜ぶで」

「締切があるねん」

そう応《こた》えてから、慧は自己嫌悪した。仕事を持ち出したら叔母は黙るしかない。有無を言わさぬ方便を卑劣に感じる。

「叔父《おじ》さんによろしゅう言うといて。またくるから」

「ほしたら、あんたの好きな唐揚げとお茄子《なす》の煮たんだけでも持って帰りいな。痩《や》せてきてるから、栄養つけなあかん。すぐに――」

「ええて、叔母ちゃん。ありがとう」

断ち切るように言い、大股《おおまた》で敷居を跨《また》いだ。

良明に借りていた車を返しにきただけだ。夕食をご馳走《ちそう》になって、団欒《だんらん》のひと時を過ごす気分ではない。昼間のうちに寄るつもりだったのだが、雑事に追われて夕刻になったのが失敗だ。かえって叔母に淋《さび》しい想いをさせてしまった。

昨日、丹後《たんご》半島まで車を飛ばして取材に出かけた。ぴくりとも動かなくなった長編をどうにかする材料を見つけようとしたのだが、成果はなかった。ガソリン代を使い、くたびれただけだ。

黄昏《たそがれ》が始まり、風景が煤《すす》けている。行き交う車のヘッドライトがやけに凶暴に見えて、逃げるように小路へ曲がった。今朝、夢の中で父に叱られ、母に慰められた。弱った精神が退行現象を起こしているらしい。

大江神社の下まできたところで顎《あご》を上げると、石段の果ての空が美しかった。夕闇に薄く濁りながら、なお鮮やかな瑠璃《るり》色。この世のものではないかのようだ。気鬱《きうつ》を忘れ、紐《ひも》でぐいぐいと引かれるごとく空を目指した。最後に叔母らを訪ねたのは、美咲とともに大阪を発《た》つ前日。確かこの石段を上って帰った。だから、今は愛染坂を通る番だったことを思い出したが、足は止まらない。一歩一歩、踏みしめながら傾斜のきつい階段を上っていった。

両側の高木から伸びた枝が、葉の色をわずかに留《とど》めたまま頭の上にかぶさってくる。緑のトンネルをくぐっているようだ。五月半ばの涼しい風に、梢《こずえ》は時折小さく身を揺すった。

空はまだ遠い。石段の真ん中の手摺《てすり》に摑《つか》まりながら、遠い空だけを見て進んだ。一段上るごとに神経が研ぎ澄まされていく。とりわけ聴覚は恐ろしいほど鋭敏になり、どことも知れぬほど遠くで鳴いている犬の声や、蕨餅《わらびもち》を売り歩く親爺《おやじ》の声がはっきりと聞こえた。それでいて大通りを行く車の音は届かない。彼は、奇妙な静けさの中を進んだ。

五十段上ったところに踊り場があるから、そこで耳を澄ましてみよう。思いもよらないものが聴けるかもしれない。三十八段目でそう思い、四十三段目に右足を掛けたところで、それを耳にした。

愛染坂を誰かが下ってくる。

石段と坂道は鬱蒼《うっそう》とした楠《くすのき》の木立に遮られているし、高低差もあるため、ふだんならここまではっきり足音が聞こえることはないのだが。

一人、下りてくる。

その誰かは、片足を軽く引きずっていた。信じられずに聴き直したが、空耳ではない。四十八段目で顫《ふる》えた。

美咲は、もういないのだ。

去年の年明けから東京のマンションで一緒に暮らし始め、八カ月を夫婦のように過ごした。睦《むつ》まじかったのは春先までで、それ以降は喧嘩《けんか》が絶えなかった。さっぱり書けない慧の傍らで、彼女がすいすいと文章を紡ぐのが腹立たしく、些事《さじ》で当たり散らしたためだ。夕食の支度をしてもらいながら、包丁の音が耳障りだと騒ぐのだから、美咲にすればたまったものではあるまい。理不尽なのを承知していながら、彼は自分を抑えられなかった。彼女は、「ごめんなさい」と詫《わ》びることもあれば、「なんで、なんで？」と涙ながらに問い返すこともあった。どんな反応にも彼の怒りは治まらず、意地の悪い言葉でさらに殴りつけた。小説は書けないくせに、悪罵《あくば》する時だけは小気味よいほど言葉が迸《ほとばし》るのだ。自分が毒蛇になったようで、苛立《いらだ》ちは募る。

この女と出会ってからおれは駄目になった。何が悪いのか判らぬが、無関係とは思えない。美咲の作品がかつて自分が獲《と》った賞の候補になった日——熱帯夜だった——、そんな不快感をついに口にすると、彼女は顔をくしゃくしゃにして部屋を飛び出した。翌日には戻ってきて、慧は言いすぎを謝罪したが、以来、二人が快活に笑うことはなくなった。慧は作家としてさらに干からびていき、見かねた美咲は再び家を出、それっきり帰らなかった。

彼女の作品は受賞を逃したが、斯界《しかい》での注目はますます高まり、本の売れ行きも好調だった。美貌《びぼう》の大型新人に原稿の依頼が殺到していたはずで、作家になることに執念を燃やしていた彼女とすれば本懐だったであろう。あいつがおれを失った悲しみぐらい、たちまち癒《い》える。仕事に没頭できて喜ぶようになるはずだ。そう思いながら、慧の方は憂鬱《ゆううつ》な日々を送る。

ろくなことがなかった東京を年末に引き揚げ、大阪に戻って独り暮らしを始めた。しかし、環境を変えても書けない。そんな実状を担当編集者は憐《あわ》れみ、青柳慧の沈黙は新境地を拓《ひら》く大作と格闘しているからだ、と吹聴《ふいちょう》してくれた。

下手な嘘にくるまれて、いよいよ沈み込む。が、それはまだ平和な日々だった。

先月の初めに担当編集者から電話をもらう。美咲が自死した。「明日《あした》、わたしの部屋にきてください。鍵《かぎ》は掛けていません。驚かすけれど、ごめんなさい」というメールを友人に送った上で、首を吊《つ》ったのだ。衝動的な行為だったのか遺書は見当たらず、動機は不明だ。

「久石さんは、ずっと青柳さんのことを――」

そこまで聞いて、電話を切った。

マスコミは「謎の自殺」と大きく報じ、世間の何割かは「作家の悩みは傍《はた》から窺《うかが》い知れないものだ」と納得した。自分が殺したのだ、と慧は悔いた。

何にせよ、美咲はもういない。

いないのに、その足音が愛染坂を下ってくる。

五十段目の踊り場で止まり、呼吸を整えようとした。足音は、ぴたりと止む。

石段と坂道、男坂と女坂の半ばで、お互いが見えないまま二人は並んだ。木立の向こう、眼下に彼女がいる。こちらを見上げているのかもしれない。

美咲であることに疑いはなかった。石段を駈《か》け下り、彼女の許《もと》へ走りたいが、からくも自重する。今日が四十九日であることは、今朝目覚めた時から承知していた。

出会いがすれ違いのようなものだったから、すれ違って別れるのだ。すべては自分の愚かさ、卑しさが招いた結果。受け容《い》れるしかない。

赦《ゆる》しを請う資格はなかったが、一つだけ伝えたかった。

「恋しい」

返事はない。薫風に木立が騒いだのが、聞こえましたという返答だったのか。

足音は、ゆっくり坂を下り始める。その懐かしい音を聞きながら、慧も五十一段目に踏みだした。一歩ごとに瑠璃色の空は広がり、二人は遠くなる。

投げ出したままの小説が、今なら書けるように思えた。何をどうすればいいのか判らないのに、先へ進めることが確信できる。名状しがたい力が湧いてきていた。

何て馬鹿なのだろう、美咲は。

律儀に返しにきたのか。

くるりと振り向き、去っていく足音に「おまえは阿呆《あほ》や」と叫びたかった。もし叫んだら、そのまま泣き崩れてしまっただろう。

——わたしたち、一緒に坂を上れますね？

上ろう。しっかり付いてくるんやで。

そう思っていたのに、不甲斐《ふがい》なくへばったのは慧の方だった。勢いに任せた若書きが過大に評価され、慢心した報いだ。そんな自分の至らなさを棚に上げて美咲に当たり、彼女は必要もないのに責任を感じて、挙句に身を滅ぼした。それでもまだ足りないと思ったか、今夜、慧がここを通るのを待っていたのだ。

――一緒に行かれへんのやったら、慧さんだけ上ってください。わたしは下ります。

幽《かそ》けき足音が、そう告げていた。九十段目でそれも聞こえなくなる。

彼女の希《ねが》いがかなった夜に、幻で見た愛染かつら。その注連縄《しめなわ》の紙垂《かみしで》は苦しげに顫えていた。あれは美咲の慄《おのの》きだったのか。

石段を上りつめ、神社の境内を横切る。黄昏は夜に呑《の》まれ、社殿も、石の鳥居も、狛犬《こまいぬ》も、色を失っていた。

彼は愛染坂の上に立ち、たった今、恋しい女が下った道を見る。

常夜灯に照らされた敷石は、雨で濡《ぬ》れたように光っていた。

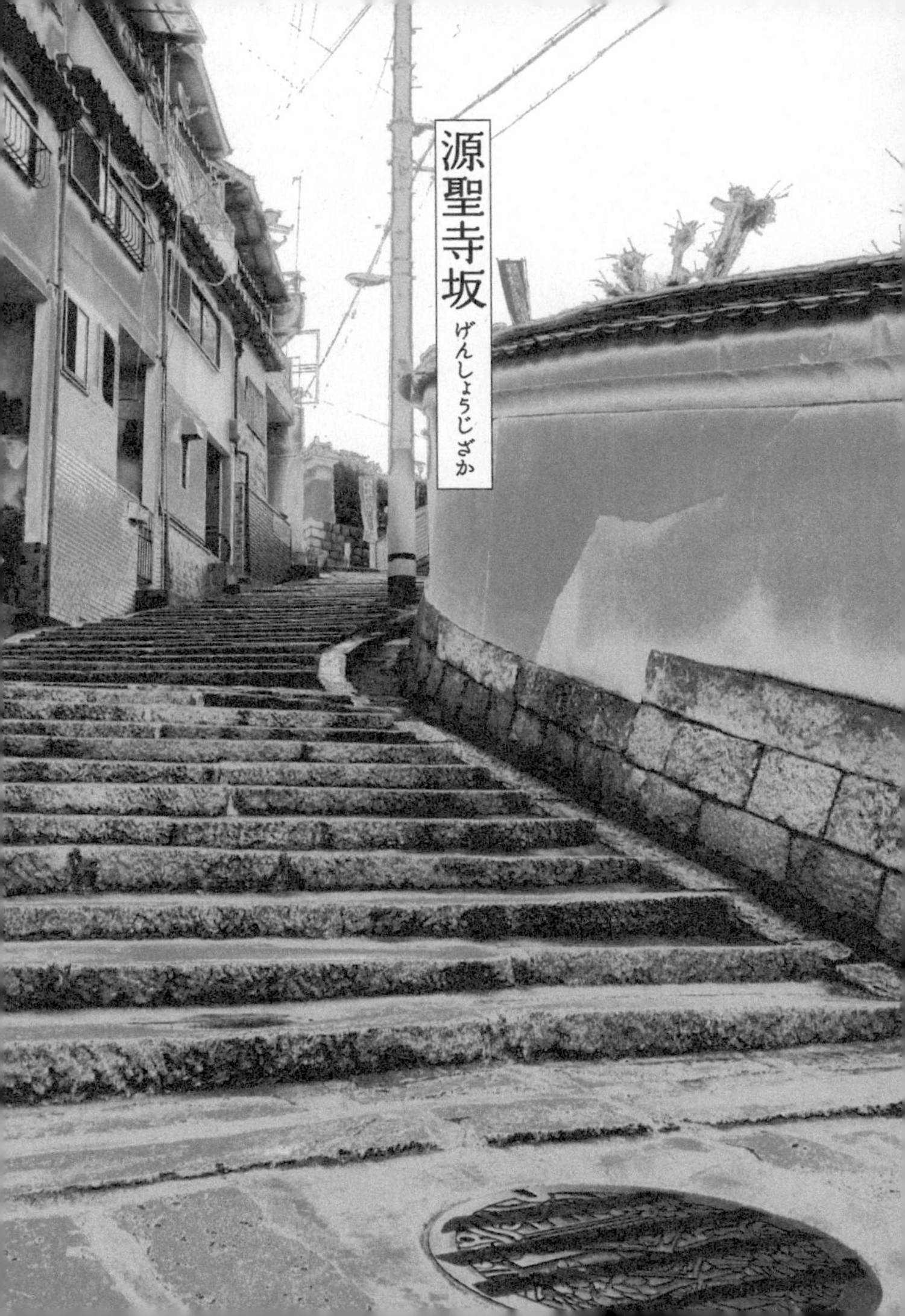

源聖寺坂 げんしょうじざか

同窓会の案内が届く二ヵ月前。

九月の初め、逗子《ずし》にある鵜戸《うど》美彌子《みやこ》先生の別荘で開かれた観月パーティでのこと。

廊下の片隅にひっそりと飾られていた絵の前で、わたしの足は止まった。

右に湾曲しながら上っていく石段のある坂道。その中ほどに佇《たたず》む少年は何故か白いパジャマ姿で、写実的な絵なのに顔だけがぼやけている。描き上げてから画家が指で油絵の具をごしごしと擦《こす》ったかのように。事故で毀損《きそん》したわけではなく、もともとこんなふうに描かれているらしい。

何号と呼ぶのか知らないが、大きさは新聞の半ページほど。色調は全体的に暗い。黄昏《たそがれ》の一歩手前といった頃だろうか。くすんだ風景の中で、幼いオカッパ頭の少年だけが浮かび上がるように鮮やかである。どこか得体の知れない雰囲気をまとった絵だが、これを目にして戦慄《せんりつ》する者は、まずいまい。

だけど、わたしの体はこわばった。その場所に見覚えがあったから。

源聖寺坂《げんしょうじざか》だ。

天王寺《てんのうじ》七坂の一つ。

下寺町《したでら》の源聖寺の南から、生玉寺町《いくたまてらまち》へと続く石畳と石段の坂。不安に駆られながら、ときには顫《ふる》えながら、少女時代に何度も上り下りした。

わたしは、源聖寺坂が怖かった。

理由はない。

たまたま通りかかって、大阪市内にこれほど風情のある坂道があったか、と嘆じる人もいるそうだ。松屋町《まつやまち》筋から見上げても、その全容を見ることはできない。土塀に挟まれた石畳を敷いた道がまっすぐに延びているのだが、途中から石段になり、その先で右手に折れているためだ。石段が切れると今度は左手に曲がる。そんなクランクのおかげで坂道に変化がつき、よその六坂にはない趣が生まれていた。

小学五年の担任だった中年太りの村田《むらた》先生は、「ぼくは、あの坂が大阪で一番好きやな」と話した。道が折れ曲がるあたりに立って、ビル街に沈んでいく夕陽を眺めるのがお気に入りで、「遠回りして、わざわざ通ることもあるで」とも。

「ぼくも」「わたしも」「けど先生、あの坂きついわ」とクラスメイトは口々に反応し、わたしは押し黙っていた。胡乱《うろん》な気配や、ときには恐怖すら感じる場所でありながら、その理由は説明できない。忌まわしいとまで感じる自分自身が不思議に思えたぐらいだから、他人に理解を求めるのは諦《あきら》めていた。当時はひどく引っ込み思案であったし。無口で、空想に耽《ふけ》ってばかりいる子供だった。

高校を卒業するにあたり、成績がいいのだからと周囲は大学進学を勧めたが、わたしは自分の希望を通し、憧《あこが》れの講師がいる東京のデザイン専門学校に入学した。無口な優等生は脱皮して、ファッションの世界で自己表現することを望んだのだ。

大阪を離れて十年。年に幾度か帰る実家も市外に引っ越したので、源聖寺坂を通ることはふっつりなくなった。もう二度と見ることもないかもしれない、と思っていたのに、よもや鵜戸先生の別荘で再会するとは。

絵の右下に Inose とサインがあるのを見ていたら、不意に背中を叩《たた》かれて驚いた。

「お手洗いが長いと思ったら、何してるの、河合《かわい》さん？」

チーフデザイナーの引田《ひきた》優子《ゆうこ》だった。わたしの視線をたどって、絵に見入る。彼女にすれば、陰気なだけのぱっとしない作品だろう。

「こういうのが趣味なわけ？」

「いいえ、別に。これって、うちの近所にあった坂だなぁ、と思っていたんです」

「河合さんの実家って、大阪だったよね。ふぅん、こういうところがあるの。有名な場所？」

「そんなところではありません。近所だから判ったただけで」

「有名でもない近所の坂を描いた絵と、鵜戸先生の別荘でご対面するなんて、かなりの偶然ね。——それはそうと、さっき先生が捜してたよ。あなたが十一月のコンテストに出そうとしているドレスについて、ありがたいアドバイスがあるみたい」

駈け足でパーティが開かれているリビングに戻った。オフショルダーの真っ赤なドレスに身を包んだ美彌子先生は、シャンパングラスを片手に傍らの男と歓談中だった。声をかけるタイミングを計っていたら、幸いなことに先生がわたしに気づいてくれると、大きな口がにやりと笑って、機関銃のように言葉を吐き出した。

「いたいた、樹《いっき》ちゃん。あなたがオーロラモードのコンテストに出すドレスのデザイン画、見ましたよ。マントにゆったりとドレープが掛かっているのね。いい感じだと思う。コサージュの大きさと形は一考の余地があるから、ひと工夫して。もーっとよくなる。それからモデルは鬼沢《おにざわ》オフィスのテータムちゃんがいい。絶対に。それを言おうと思って、あなたを捜していたのよ。わたし、思いついた時にすぐ言わないと気がすまない質《たち》だから」

「ありがとうございます」

深々と頭を下げた。評価されて素直にうれしい。コサージュのデザインは、これから練り直すつもりだった。

「この子ね、河合樹ちゃん。〈アヴェク・ミヤコ〉のホープ。わたし、すごく期待しているの」

隣の男に紹介された。美彌子先生とどういう関係なのか、聞いたような気はするが覚えていない。年齢も不詳だ。先生と同じ四十代前半のようでいて、実はうんと若いのかもしれない。ノーベントのダークスーツをお洒落《しやれ》に着こなし、オールバックに撫《な》でつけた髪が嫌みなほど様になっている。

「鵜戸先生のお眼鏡にかなう才能ですか。はあ、可憐《かれん》な方じゃないですか。清楚《せいそ》でいながら、目許《めもと》が明るくて華がある。背がすらりと高いからモデルさんも務まりそうですね。──パーティの前に先生にご紹介いただきましたが、あらためて。濱地《はまじ》健三郎《けんざぶろう》です。どうぞよろしく」

三日月形に口を歪《ゆが》めて微笑む。露骨なお世辞に辟易《へきえき》しながら、差し出された手を軽く握った。

立食のパーティが始まって一時間が過ぎていたが、あちらこちらで話が弾んでいる。女だらけなので、シャンデリアが煌《きらめ》く天井に甲高い声が響き、やかましいほどだ。たかだか店の従業員八人しか参加していないのに。

観月パーティは〈アヴェク・ミヤコ〉恒例のイベントだ。毎年、中秋の名月を愛《め》でるために美彌子先生が主催するもので、ほとんどの従業員が先生の別荘に招かれ、店は二連休となる。

この場にいる男は二人。鵜戸先生のご主人と、さっきの濱地健三郎だけだ。濱地はまだ先生に寄り添っていたが、鵜戸遼平《りょうへい》は手持ち無沙汰《ぶさた》のようで、大皿に残ったオードブルを片づけるように食べ回っている。失礼ながら、派手好きの先生がどうしてこの人を伴侶《はんりょ》に選んだのか、と思うほど風采《ふうさい》の上がらない男だった。口さがない先輩の一人は、先生が惚《ほ》れたのは今の旦那《だんな》様が所有している家なのだ、と言った。つまり、この別荘である。

百四十年遡《さかのぼ》ると鵜戸家は小藩の殿様で、世が世なら遼平は男爵様らしい。戦後も不動産からの上がりで家運隆盛だったが、バブル崩壊で零落してしまう。最後に残った逗子の邸宅を手放さざるを得なくなりかけたところで、美彌子先生と知り合えたのが僥倖《ぎょうこう》だった。先生は実家がもともと資産家である上、代官山《だいかんやま》で〈アヴェク・ミヤコ〉を経営する売れっ子のデザイナーだ。結婚によって遼平は経済的に救われ、先生は風格のある憧れの洋館を別荘にすることができた。夫妻は、今年で結婚して十年になる。

ここも遼平が独りで暮らしていた頃は何箇所からも雨が漏る有り様だったのが、改装で見違えるようになったということだ。築六十年に及ぶために、腰板を張った廊下や重厚な手摺《てすり》がある階段の隅などに時間の澱《おり》が溜《た》まり、陰気な翳《かげ》も差しているが、それも含めて先生のご自慢なのだ。

喉《のど》が渇いたので、ピッチャーの冷たい烏龍茶《ウーロン》を飲もうとして、遼平のグラスが空なのに気づいた。下戸《げこ》の彼も烏龍茶を飲んでいたはずなので、「お注ぎしましょうか？」と声を掛ける。

「あ、どうもありがとう。お願いします」

そばに人がおらず、何か話すのが自然な成り行きだ。他に話題が見つからなかったので、さっきの絵について尋ねてみた。

「かれこれ十年ぐらい前になるかな。大阪に遊びに行った時、老松町《おいまつちょう》の画廊で見つけて買ったんだ。何となく惹《ひ》かれるものがあってね。値段も手頃だった」

低い声で、ぼそぼそと答える。頭髪には白いものが混じりかけていて、早くも老け込みだしているようだ。何かのコンサルタント業を営んでいると聞くが、それが商売になっているのかどうかは知らない。

「名のある絵描きさんの作品なんですか？」

「猪瀬《いのせ》久之《ひさゆき》といったな。一時期は関西の画壇でそこそこ知られていたらしいけれど、もうとっくに亡くなっているし、忘れ去られた人だ」

「あの絵の坂は、わたしが子供時代によく通ったところです。見た途端に、はっとしました」

「源聖寺坂だね。よくご存じで？　いや何、絵にそういう題名がついているんだよ。架空の坂にしてはもっともらしい名前だと思っていた。そうか、実在するのか」

「独特のタッチですけれど、どういうテーマの絵なんでしょうか？」

「さぁね。訊《き》かれても困る」

　この屋敷には多くの絵が飾られているが、値打ちのあるものは金策の必要に迫られて売却したので残っているのは安物ばかりだ、と言う。値段だけで語られては絵や画家が不憫《ふびん》に思える。画廊を覗《のぞ》いて気まぐれに絵を買うとはいえ、彼は美術愛好家というほどのものでもなさそうだった。

「あなた、ちょっと」

　鵜戸先生から手招きされ、遼平は行ってしまう。取り残されたので仲間のおしゃべりの輪に加わることにした。引田優子ら三人が額をくっつけるようにして、ひそひそとやっている。何かで盛り上がっているのかと近づいていくと、同期で神戸《こうべ》出身の本《もと》岡真里《おかまり》に唐突に訊かれた。

「樹、霊感は強い方？　もしそうやったら今晩は気ぃつけんとあかんよ」

「どうして？」

「この家には何かいてるらしいわ。夜中に怪しい物音を聞いた人がいてるんやて」

「しっ。本岡さん、声が大きいよ」引田優子が人差し指を立てる。「先生の耳に届くじゃない。『まー、真里ちゃん。わたしの別荘をお化け屋敷みたいに言わないでちょうだい』って怒られるわよ」

真里は、おどけて首をすくめた。今夜はシックなベロアのワンピースが似合っていて、そんなしぐさも可愛い。

「怪しい物音って、幽霊が歩き回る音でも聞こえるの？」

答えてくれたのは〈アヴェク・ミヤコ〉で最年少の有川千加《ありかわちか》だ。こういう話が大好きらしく、目が輝いている。

「そう、何かが裸足《はだし》で歩くんです。ぴたぴたぴたって。階段を上ったり降りたりもするそうですよ。トイレに行って部屋に戻ろうとしたら、白い影が廊下を右から左へ横切るのを視た人もいます」

『『視た人もいます』って、あんたさっきチーフから聞いたとこやないの」

真里に言われて、千加はけらけらと笑った。二十三歳になったばかりなのだが、見た目は女子高生で、精神的にもまだ幼さが残っている。それでも豊かな才能を感じさせる新人だ。先日はゴムやビニールなど意外な素材でクラシカルな作品を試作してみせ、美彌子先生を唸《うな》らせた。

「ふぅん。でも、足音と白い影だけでは、あんまり怖くないね。幽霊の方が人間を避けてるみたい。——チーフが体験なさったんですか？」

引田は、また人差し指を立てる。

「小声でね。——うん、わたしは何も。噂を聞いただけ。あなたたちは知らない人だけど、以前、うちのお店にいた人が話してたの。仮にSさんっていうことにしようか。そのSさんは、ここに泊まったことのある別の人に『出るから霊感が鋭い人は覚悟しておいた方がいい』と忠告されていたんですって。ほら、ここには色々なお客さんがよく泊まるじゃない。先生、人を招待するのがお好きだから。視える人には視える。聞こえる人には聞こえるということね」

真里が言う。

「わたしやチーフは、何回かここに泊まっとぉけど変なもんを視たり聞いたりしてへん。千加も鈍感やから大丈夫みたい。樹はどうやの？　あんた、ここに泊まるの初めてやんか」

例年、何か事情があって観月パーティを欠席していた。

「ご心配なく。わたしも鈍感だから。でも、どうして——」

これまで引田からそんな話を聞いたことがない。どうして今夜、と怪訝《けげん》に思ったのだ。

「たまたまよ。今日はわたしと有川さんが相部屋になるんだけど、この子が馬鹿なこと言うの。『チーフは霊感を持っていませんよね？　わたし、同じ部屋の人に幽霊を視られるのが嫌なんです』だって。だから教えてあげたの。『この家には出るらしいけれど、わたしは視えないから安心して』って」

「安心していいような、よくないような答えですよねぇ」

　また声をあげて笑う千加。これだけ陽気だったら幽霊も退散しそうだ。

「この話は、他の子たちには内緒にしようね」チーフは真顔で言う。「西《にし》さんあたり、こんなことを聞いたら怯《おび》えそうだから」

　この春、南青山《みなみあおやま》のブティックから移ってきた西佳澄《かすみ》はスピリチュアルなものに傾倒していて、霊感がいたって強い女を自称している。そんな個性を活《い》かしたファッションデザインはちょっとミステリアスで素敵なのだけれど、今ここで妙な噂を吹き込むと面倒な反応をしかねない。得体の知れない現象については、この四人だけの秘密にすることを約束した。

「ところで、美彌子先生はそんな噂が立ってることをご存じないんですか？」

　気になって訊くと、チーフは「どうかな」と言う。

「おくびにも出さないから知らないのかもしれないし、おかしな噂が広がらないように無視しているだけかもね。どっちにしてもご自慢の別荘を幽霊屋敷扱いされたくないはずだから、沈黙は金っていうことよ」

　ちらりと先生を見てみると、疲れてきたのか椅子に座って寛《くつろ》いでいる。話し相手は相変わらず濱地だ。

「あの人のこと、先生はアドバイザーって紹介してたけど、何のアドバイスをしてもろてるのかよう判らんかった。ぼかしてるところをみたら……まさか占い師やないやろね」

真里が、一段と声を落として言ったが、先生の運命論と占い嫌いは本物だから、それはない。

「つまらない詮索《せんさく》はやめて、庭に出ましょう。お月見の会なんだから、しっかり中秋の名月を観賞しなくっちゃ。花鳥風月を愛《め》で、仕事のために感性を磨くべし」

チーフの号令で、わたしたちはフランス窓を開けて芝生の庭に出た。夜風が頬に心地よく、高く昇った満月は冴《さ》え冴《ざ》えとして美しい。耳を澄ますと、遠い潮騒《しおさい》が聞こえた。気持ちが安らぐ。

ただ、風が出てきたようだ。黒々とした雲がみるみる流れて月をよぎり、わたしたちの髪をなぶる。波の音も、この風が運んでくるのだろう。

振り返ると、屋敷がのしかかってくるようだ。コンクリートでできているのだけれど、宵闇の中では石造りにしか見えない。二階に五つ並んだ両開き窓のうち、右から二番目がわたしの泊まる部屋のものだ。寝つきがいいのが取り柄らしい真里と相部屋である。

「幽霊屋敷には見えませんよねぇ」

そばで千加が呟《つぶや》いた。


午前一時がきても眠れない。

ナイトテーブルを挟んだ向こうのベッドでは、真里がとうにすやすやと寝ていた。「パーティの後片づけで疲れたから、一瞬で夢の国に行くわ」と言っていたとおり、小憎らしいほどに熟睡している。

何十回目かの寝返りを打ち、漆喰《しっくい》の壁の方を向いた。いっかな眠りが訪れる気配がないけれど、このまま朝を迎えてしまうこともないだろう。焦らず、脳味噌《のうみそ》がうんざりするぐらい取り留めないことを考えて過ごそうとしたら、自然とあの絵のことが浮かんだ。

それはまずい。かえって目が冴えてしまう、と思ったのだが、もう遅かった。源聖寺坂を恐れた日々が、アルバムをめくるように甦《よみがえ》ってくる。

わたしの家は谷町《たにまち》筋の東側、大阪市内では高台にあたる上町《うえまち》台地にあった。通った学校や塾もすべて台地の上だったのだが、坂の下に祖父母や幼馴染《おさななじ》みが住んでおり、よく遊びに行った。下りる道は二つ。当時は大阪女子学園といっていた女子高脇の学園坂と、あの源聖寺坂。石段のある源聖寺坂と違って学園坂には車の往来があり、人の姿も多い。できればいつもそちらを通りたかったのだが、あいにくなことにわたしの家からだとかなりの迂回《うかい》になるのだ。時間に余裕がなければ源聖寺坂を使わざるを得ない。もう少し自宅が南にあれば、と悔やんだこともある。

　あの坂で不愉快な目に遭った記憶があるわけでもない。少しばかり奇妙な情景を見たことはあるが、勝手に忌避していただけで通れば何のことはないのだ。村田先生が言っていたとおり、風情のある坂道だと思う。先生は本当にあそこが好きだった。理想の坂なのだそうだ。

「下から見上げたら、棟瓦《むねがわら》を葺《ふ》いた両側の土塀がカーブを描いて、伸び上がるように続いてるやろ。まるで二頭の昇り龍《りゅう》や。あんなん、なかなかないで」とか。

「石段が終わるあたりに立って振り向いたら、ええ景色や。大都会の真ん中やのに緑が多いから、よそとは違う眺めが見られる。坂道がしゅーっと流れ落ちるようなんも素晴らしい」とか。

「白い土塀の中に錆《さ》びたトタン板を貼ったところがあるやろ。あれがようない？　違う、あれがええんや。侘《わ》び寂《さ》び……言うても、きみらにはまだ判らんか」とか。

　あの坂にまつわる伝説も教えてくれた。

「今は生玉さんの中にある源九郎稲荷《げんくろういなり》が坂の上に祀《まつ》られてたんやけど、源九郎いうんはほんまは狸や。あそこを通る人から蒟蒻《こんにゃく》をかすめ盗《と》る蒟蒻八兵衛《はちべえ》いう狸が、いつの間にかお稲荷さんに変わってしもうたんやて。狸が狐に化けてしまうやなんて、おかしいやろ。んっ、なんで蒟蒻だけ狙うんや？　八兵衛の好物だったからやないか。それで昔の人が、『蒟蒻をお供えしてお祀りするんで、悪さはやめてください』と頼んだんや」

坂を上りつめた右手に曲がったところが銀山寺《ぎんざんじ》の門。近松門左衛門《ちかまつもんざえもん》の『心中宵庚《しんじゅうよいごう》申《しん》』などで知られたお千代《ちよ》・半兵衛《はんべえ》の墓があり、そのまま南へ進むと生玉寺町の名のとおり寺が軒を連ねている。大寶寺《だいほうじ》、大安寺《だいあんじ》、西方寺《さいほうじ》、九應寺《きゅうおうじ》、光善寺《こうぜんじ》、大善寺《だいぜんじ》、増《ぞう》福寺《ふくじ》、浄運寺《じょううんじ》、法善寺《ほうぜんじ》別院、青蓮寺《せいれんじ》。見渡す限り寺と墓地と石材店しかない。突き当たりの角を左に曲がれば月江寺《げっこうじ》。坂の下もしかりで、下寺町こそ寺だけでできた町だ。あまり語られることがないけれど、この界隈《かいわい》を含む上町台地は全国でも屈指の寺町なのだ。文人墨客《ぶんじんぼっかく》や役者の墓だらけ。南北に細長いエリアに寺が蝟集《いしゅう》しているから、地図を見れば面白いほどに卍卍卍卍卍卍卍卍……。

そんな場所なのに、生玉寺町には奇態な意匠を凝らしたホテルがすぐ間際まで迫っていることを先生は嘆いていた。半世紀ほど前、経済的な事情から寺が所有地を切り売りしたせいらしいが、「あんなとこになんで変なホテルがぎょうさんあるんですか？」と児童の好奇心を刺激するのもまずいと考えたのか、熱弁もそのあたりで歯切れが悪くなったものだ。

今なら、そんな聖と俗の絡み合いにも納得がいく。死が、限りなく死に近づくほどの生の高揚と隣り合っているのは、むしろ自然である、と。あそこはひたすら死に近い領域なのだ。

死に近い。そのせいなのだろうか。

わたしは、源聖寺坂を理由もなく恐れていた。そうなるように自分で仕向けていた。怖いものが欲しかったのだ。些細《ささい》なことをきっかけに、あの坂道を妖《あや》しむことを楽しんでいただけ。

七つばかりの時。

祖父母の家からの帰りに源聖寺坂を上っていて、おかしなものを見た。季節は覚えていないが、三月ではなかった。

石段の途中に整然と雛《ひな》人形が並んでいた。誰が何故そんなことをしたのか判らない。悪戯《いたずら》だと思いはしたのだけれど、単なる悪戯を超えたもの、悪意にも似た何か不吉なものを感じて、ぞっとした。道の端に寄り、避けて通り過ぎる時の禍々《まがまが》しい気分といったらない。

雛人形の謎は解けないままだが、冷静に振り返ると、それに怯《おび》えた心理はぼんやりと理解できる。不意に出現して行く手をふさいだ人形が、子供心に理解を絶する運命の暗喩《あんゆ》に思えたのかもしれない。

それがきっかけになったのか、以来、空想癖が強すぎる女の子にとって、源聖寺坂は恐れなくてはならない場所になった。

墨染めの衣をまとった僧侶《そうりょ》の行列が果てしもなく続く幻を視たこともある。石段が次々に湧き出して坂道が無限に続くようで眩暈《めまい》がしたこともある。半透明の不思議な布が何枚も虚空に漂っていて、進むことも戻ることもできなくなったこともある。

源聖寺坂は、素敵に恐ろしかった。

あまりに見事な坂だから。

幻想があまりに生き生きとしている時は、こらえきれず走った。足がもつれて真冬に石段で転び、痛くて泣いた。炎天下に汗だくになって駈《か》け上がったら、人の姿がまったくない寺町に陽炎《かげろう》が立ち、両側の白壁がゆらゆらと揺れていた。そんな白昼夢も今となっては懐かしい。


遠い日のことを思い出しているうちに二時。手洗いに行こうと廊下に出たわたしは、黒い人影を見て、ぎくりとした。

濱地だ。階段の上に立って、階下《した》を見ている。彼はわたしに気づくと、愛想笑いとともに弁解めいた言葉を口にした。

「このところ不眠症気味でしてね。枕が変わると、なおさらいけません。――どれ、また横になってみますか。おやすみなさい」

端の部屋に消えていったが、寝つけなくて廊下に出ていたとも思えない。彼は寝巻きに着替えていないどころか、スーツを着たままだったのだから。

はなはだ不審ではあったが、呼び戻して詰問できるものではない。濱地の部屋とは反対側にある二階のトイレを使い、さっさとベッドに戻った。

さらに二十分ばかり輾転反側《てんてんはんそく》していただろうか。左隣の部屋のドアが開き、誰かが出る音がした。「えーと、こっちか」という西佳澄の声。手洗いに立ったのだろう。

眠れないことで得られた時間を利用して、コサージュのデザインについて考えることにする。リネンではなく、生花で作るのはどうだろうか？　いや、プリザーブドフラワーもいい。真珠をあしらって豪華に仕上げよう。

形が浮かんできたのでメモをしようとした時。廊下で凄《すさ》まじい悲鳴があがった。眠りこけていた真里が飛び起きたほどだ。

「な、何やの？」

「判らない」

スリッパを履いて出てみると、ローズピンクのパジャマを着た佳澄が、両手で頬を挟むようにして立っている。スレンダーだから、棒立ちという言葉がぴったりだ。いくつものドアが次々に開いたのも無理はない。それほどの叫び声だったのだ。

「どうしたの、西さん？」

引田に訊《き》かれ、答えようとするのだが、とっさに言葉が出ない様子だ。やがて、階段の方を指して顫《ふる》えながら言った。

「そこに、子供がいたんです。五、六歳ぐらいのオカッパの男の子が」

「ここには子供なんていないでしょう。寝惚《ねぼ》けてない？」

「白いパジャマを着ていて……わたしを見ながら、こんなふうに手招きを……」

ひらひらと右手を振ってみせる。引田の背中越しにそれを見た千加は、先輩の肩をぎゅっと摑《つか》む。

「いやぁ。ちょっと、やめてくださいよ、西さん。冗談きつすぎます」

「冗談じゃないの。本当にいたんだから。可愛い顔だったけれど無表情で……なんか生きてないみたいだった」

西佳澄は、霊感とやらを持っていることを自任していた。旅先の宿で「ここは〈いる〉ので部屋を替えてください」と言うらしい。そんな彼女の言葉が、廊下に子供が〈いた〉と訴えている。何かを子供と見間違えたとも思えず、気味が悪いことこの上ない。

「うまく言えないけれど、その子はまわりの景色と合っていないの。写真の上に別の写真を貼りつけたみたいに、どうしようもなくちぐはぐで」

「ふむ。あなたに手招きしてから、階下に去ったんですか？」

背中で声がした。振り向くと濱地が立っている。

「はい」佳澄は答えた。「すっと、階段の下へ。何かに引っ張られたみたいな勢いでした。普通じゃない速さ」

「とても敏捷《びんしょう》なんですね。足はありましたか？」

からかわれていると思ったのか、佳澄は仏頂面になった。

「ありましたよ。裸足《はだし》でした。ぺたぺたって足音も聞いています」

引田の二の腕を千加が肘《ひじ》で突いた。噂の幽霊ですよ、と言いたいのだ。

今度は階下から「どうしたの？」の声が飛んできた。美彌子先生だ。肩をそびやかせて上がってきて、佳澄に説明を求める。

「子供なんて、この家にはいませんよ。おかしなことを言うわね」

「でも、はっきり見ました。ただの子供ではないと思います。わたし、判るんです」

「つまり、お化けを見たってわけね？」

佳澄は「はい」と遠慮がちに頷《うなず》いた。不興を買うこともやむなし、と思ったのだろう。

先生は怒るでもなく、腕組みをして濱地に「どうです？」と訊く。ここに至っても、わたしには彼の正体がまだ判らずにいた。

「白いパジャマを着て、オカッパ頭の五、六歳の男の子。かなり具体的ですね。これまでは足音だけだったり、白い影だったりという証言しかなかったのに比べれば」

濱地は、あの噂を知っていた。平然としているところを見ると、先生も承知していたらしい。というより濱地は先生から聞いていたのだろう。

「あなた。念のために一階の戸締りを確認してもらえる？　どこからか子供が紛れ込んだとは思えないけれど」

先生は、階段の下に向かって大きな声で言った。遼平の「判った」という返事がする。

「先生、さっきも言いましたけれど、あれはただの子供じゃないんです。信じてください」

佳澄は頑として言い張る。すると先生は、その両肩に手を置いて穏やかに言うのだった。

「大丈夫。わたしはね、あなたの特殊な能力を信じている。だから今夜、こんなこともあろうかと予想して濱地さんにきていただいたのよ」

わけが判らない。佳澄も、きょとんとした表情になった。

「いかがです、濱地さん。何かお感じになりますか？」

先生に問われて、スーツの男は顎《あご》を撫《な》でた。答えるのを躊躇《ちゅうちょ》しているようだ。

「どうしたんです？　考えがあるのなら、おっしゃってください」

「はあ。まだ確信が持てないので、今ここで口にするのは憚《はばか》られます。パーティが始まる前に邸内をひととおり調べましたが、もう一度見させてください」

「結構ですよ。とくとお調べを。わたし、今夜こそはっきりさせたいんです。有耶無《うやむ》耶《や》のままは嫌。この家の秘密を解いてください」

　先生は幽霊の噂を知っていて、その調査のために濱地を呼んだらしい。彼は、その方面の専門家なのだろう。だから曖昧《あいまい》な紹介しかされなかったのだ。

「しかし奥様、不幸な事実と直面しなくてはならないかもしれませんよ。世の中には、開けない方がいい扉もある」

「どうしてそんな言い方をなさるんでしょう。秘密を暴くのがあなたの仕事じゃありませんか。わたしへの気兼ねは無用。探偵の本分を忘れてもらっては困ります」

　濱地健三郎が探偵だったとは。しかも、普通の意味の探偵ではなさそうだ。先生は、呆気《あっけ》にとられているわたしたちに明かした。

「この濱地さんは、日本では数少ない心霊現象専門の探偵さんなの。ここに妖《あや》しいものが出没するという話が耳に入ったものだから、その真相を究明してもらうように依頼したんですよ。白黒はっきりさせないと気がすまないわたしの性格、皆さんはご存じでしょ」

時間が時間だけに、よけい現実のこととは思えなかった。手招きする子供の幽霊だの、心霊現象専門の探偵だの、まるで夢物語だ。さっき彼は、階段あたりに立って階下を見やっていた。あれは幽霊が出るのを見張っていたとでも言うのか？　色とりどりの夜着をまとった一団は言葉もない。みんな当惑しているのだ。そんなわたしたちに、濱地は優しく微笑む。

「どうぞお休みになってください。夜更かしは美容の敵ですよ。悪霊の類《たぐい》ではなさそうですからご心配なく。怖いのなら電気を点《つ》けたままにすればいいでしょう」

はい、それでは、とベッドに向かえるものでもなく、みんな不安な顔を見合わせるばかりで、誰も動こうとしない。そこへ遼平が上がってきて、戸締りに異常がないことを報告した。

その時になって、やっとわたしは思い当たった。白いパジャマを着たオカッパ頭の男の子といえば、あの絵のままではないか。無礼を顧みずに尋ねた。

「鵜戸さんに伺いたいんですけれど、階下の廊下の絵に……変わったことはありませんか？」

おかしな質問に、相手は目を瞬《しばた》かせる。

「絵の前を通りましたが、何も気がつきませんでした。あれがどうかしましたか？」

「西さんが、いるはずのない子供を見たんです。それが、あの絵に描かれた男の子の特徴と一致しているもので……」

わたしが指摘するなり、引田がはっと顔を上げて、佳澄に質《ただ》した。

「ねえ。絵の男の子と似ていた？」

「あの絵って？」

「一階の廊下に掛かっていた絵よ。トイレの前。判らないんなら見に行きましょう」

手を引いて階段を降りる。わたしたちは、それに続いた。

『源聖寺坂』を見た佳澄は、「ひっ」と短く言って、口許《くちもと》に手をやる。悲鳴が迸《ほとばし》らないようにするためか。

「こっちは顔がないので何とも言えません。でも、背恰好《せかっこう》はよく似ています。髪型もこんな感じでした」

この絵だ。源聖寺坂が魔をもたらした。

わたしには、そうとしか思えない。

見つめていると、今にも動きだしそう。この子は二階までふらりと上がり、たった今、絵の中に飛んで戻ったのではないのか？

「裸足なのも一緒よね。ほら、よく見て。他に気がついたことはない？」

チーフは促すが、正視に堪えないのか佳澄は顔をそむけて「気分が悪い」と洩《も》らした。無理強いしてはかわいそうだ。美彌子先生が止めに入ってくれた。

「もういいわ、佳澄ちゃん。ソファにでも座って休みなさい。誰かついていてあげて」

千加に付き添われて佳澄がいなくなると、先生は夫に向き直った。

「これは、あなたが結婚前に買った絵よ。何か曰《いわ》く因縁みたいなものはないんでしょうね？」

「呪われた絵だとは聞いていない。購入する際にも、変わったことはなかったよ。まさか絵の中の子供が抜け出して、家の中をさまよい歩いているとでも？　馬鹿げている」

遼平はぶっきら棒に答えたが、その目は心なしか笑っていた。そして、濱地に言う。

「専門家のご意見を賜りたいですね。そんなことが実際にあるんでしょうか？」

「ゴシック小説ではお馴染《なじ》みの怪異ですが、わたしがこれまで扱ってきたケースの中にはありません。――いくつか質問させてください、ご主人。この絵をお買いになった動機は何ですか？」

「そんなものはない。たまたま見かけて、何となく惹《ひ》かれただけです。それが大阪にある坂だということも、さっきそちらの女性に言われるまで知らなかった。描かれている子供が誰なのかも、もちろん知らない。気になるのなら画廊で訊《き》いてみるといい。店の名前は覚えていますよ」

「お買いになったのは、いつです？」

「十年ほど前です」

「ご結婚なさる前？」

これには先生が答える。

「はい。わたしがきた時には、もうありました」

「おかしい。それでは辻褄《つじつま》が合わないんですがねぇ。わたしが下調べで摑《つか》んだ情報と食い違う」

濱地はまた顎を撫でつつ意味不明の独白をしてから、すたすたと歩きだした。そして、リビングのソファにぐったりと掛けている佳澄に尋ねる。

「あなたは、かなり強い霊感をお持ちと見受けます。この屋敷にきた時に何か感じませんでしたか？」

「いいえ。あの、わたし、〈いる〉って気配には敏感なのに、まともに視ることは稀《まれ》なんです。いきなり視てしまって、びっくりして……」

探偵は、注射器をかまえた小児科医のように柔和な表情をこしらえる。

「場所と時の二つが合って初めて視える。この世の外にあるものとの交信は、そういうものです。場所と引き合い、時と呼び合う。すべてが合わなければ、気配しか感じないのですよ」

さっぱり理解できない。ただ一つ判るのは、彼が自信と確信に満ちていることだけだ。

そんな探偵の態度に落ち着きを取り戻したかに見えた佳澄だが、また魂消《たまぎ》る声を放ってわたしたちを驚かせた。

「そこ！」

指差したのは玄関の扉あたり。わたしに視えない何かが、そこに〈いる〉らしい。全身にざわざわと悪寒が走った。

「また手招きを……」

「大丈夫」探偵は言う。「わたしにも視えている。任せなさい」

示し合わせての茶番ではない。それが証拠に、二人の顔の向きはぴたりと同調して動いているではないか。視えないのに、それは〈いる〉。

他の者たちは言葉もなく立ち尽くすばかりで、顔を伏せて抱き合っている者もいる。鵜戸夫妻も顔色がない。濱地の存在のおかげで、わたしたちはかろうじて恐慌を来《きた》さずにいた。

「あの子、ドアをすり抜ける！」

叫ぶ佳澄に「じっとしていなさい」と言い、探偵は玄関の扉を大きく開いた。強い風がさっと部屋に吹き込み、窓のカーテンが翻る。ただの風だ。それなのに、何人かが鋭い悲鳴をあげた。

恐怖に逆らって、わたしは玄関に進んで外を見た。何が起きているのか知りたくてならなかったのだ。「樹ちゃん！」と言う先生の声が背中にぶつかる。

濱地は、ゆっくりと庭を歩いていった。視えないものに導かれるような足取りだ。ひゅうひゅうと風が鳴っている。九月だというのに、なんて冷たい風だろう。

やがて探偵は庭の片隅で立ち止まり、両膝《りょうひざ》を突いた。祈りを捧《ささ》げているふうにも見える。それから彼は頭《こうべ》を深く垂れ、額を地面に押しつけた。月の光に照らされて、一幅の絵のような情景だ。

何をしているのか？

数分そうしていただろう。立ち上がった彼は膝《ひざ》の土を払うと、風の中を戻ってくる。哀しい目をしていた。


美彌子先生の別荘に出没したものは、かわいそうな死に方をした男の子の幽霊だった。十五年前に行方不明となったまま、生死も知れなかった子供だという。濱地健三郎のおかげで、遺骨が両親のもとに帰れたことがせめてもの救いというしかない。

本人が黙秘しているため、鵜戸遼平が子供をさらい、殺害した動機はまだ判っていない。金銭が目的だったのか、異常な性的嗜好《しこう》によるものなのか。いずれにしても、子供を殺して庭に埋めるなど悪魔のごとき所業だ。その事実を警察に告げられた美彌子先生のショックを思うと、気の毒でならない。「嘘でしょう。誰かがよそから持ち込んで埋めたのよ」と刑事に言い返したそうだが、あの屋敷の庭から遺骨が掘り出され、遼平が犯行そのものは認めているのだから、残酷な現実を受け容《い》れざるを得ない。テレビや新聞のニュースに濱地の名前が決して出てこないのは、探偵自身の意向なのか、警察の都合によるものなのか。ともあれ、遺骨発見と犯人逮捕の端緒が彼だったことは間違いない。霊能者であるから解決できたわけだが、探偵らしく推理も巡らせていた。

あの夜。風の中を戻ってきた彼は、男の子の遺骨を探し当てたことは伏せたまま、遼平に言い募った。

「わたしは、この家に幽霊が出るという噂を以前から聞き及んでいました。あなたが結婚なさる前、ここに泊まったことがある人の口から洩れたのです。彼は、小さな裸足《はだし》の足音を耳にしただけですがね。その事実と照応すれば、幽霊の正体が絵に描かれた子供ではないことは自明です。あなたがあれをお買いになる前にも幽霊は出没していたんですから。おそらくあなたは、その客人から不審な足音について聞いたのでしょう。自分には視えも聞こえもしないが、どうやら子供の霊がさまよっているらしい。霊感の強い人間にかかったら子供の姿まで目撃されかねないから、めったなことでは客は呼べないな、と思ったはずです。だがあいにくなことに、結婚することになった美彌子さんは、お客をここに招くのを楽しみにしている。多くの来客があれば、中には子供を視てしまう者もいそうだ。あなたは、その時のために備えてあの絵を買ったんですよ。似たような年頃、似たような背恰好《せかっこう》の男の子が描かれている上、白いパジャマ姿まで共通している絵。それでいて顔が明瞭《めいりょう》ではないからお誂《あつら》え向きだ。大阪の画廊で見つけた時は、快哉《かいさい》を叫びたくなったでしょうね。そして、いざことが起きた時、幽霊は絵の中から抜け出したのだと理由づけようとしたわけです。あなたは視えない人だ。だから子供の幽霊がうろうろしているらしいと知っても、ここに住むことができた。とはいえ気味のいい話ではないし、子供の顔や素性まで見抜く人間が現われる危険を考えたら、こんな家はさっさと売り払ってしまいたかったのではありませんか？　しかし、大切な奥様のお気に入りとあらばそうもいかない。いざとなればあの絵のせいにできる、と自分に言い聞かせてきたんでしょうね」

遼平は嘯《うそぶ》いた。

「急に推理小説の名探偵みたいにまくしたてるね。とんだ長広舌《ちょうこうぜつ》だ。いったい何のことやら」

探偵は冷たい目で続けた。

「幽霊と絵の男の子は、よく似ています。偶然だなんて言わないでください。あなたは幽霊に合わせて絵を選んだ。視えないのに選べたのは、生前の子供を知っていたからです。策を弄《ろう》しすぎましたね」

二人のやりとりは、わたしたちにとって謎掛けだったが——遼平が顫《ふる》えながら膝から崩れた時、意味も判らぬままに「開けない方がいい扉」が開いたことを察した。

幽霊の正体は、庭に埋められた子供だった。そうとは露知らず、あの絵が怪しいと騒ぎ立てたのは迂闊《うかつ》だったが、わたしが指摘せずとも誰かが気づいたことだろう。気づく者がいなければ、遼平がさりげなく暗示したかもしれない。

あまりにも鮮烈な体験をしたおかげで、源聖寺坂に対する恐れがすっかり薄れてしまった。『源聖寺坂』に濡《ぬ》れ衣《ぎぬ》を着せかけたことを申し訳なく思う。

同窓会の案内に出席の返事を出した。村田先生や幼馴染《おさななじ》みたちに会うのが楽しみでならない。

会場は難波《なんば》のホテルだが、わたしはそこに直行せず、まず源聖寺坂に向かうつもりだ。ほぼ十年ぶりにあの坂と再会し、和解して、心安らかに歩きたい。初めて歩くような気がすることだろう。

中ほどで立ち止まり、村田先生お気に入りの夕陽を眺めるのもいい。だけど長居はせず、あの絵に描かれたような黄昏《たそがれ》がくるまでには立ち去りたい。白い服を着た男の子と、たまたま出会《でくわ》すのは怖いから。

口縄坂《くちなわざか》

坂が始まるところに、御影石《みかげいし》の碑が建っている。鏡のように磨かれて黒光りする表面に、織田作之助《おださくのすけ》の『木の都』の一節が刻まれている。

口縄坂《くちなわざか》は寒々と木が枯れて、白い風が走っていた。

私は石段を降りて行きながら、もうこの坂を登り降りすることも当分あるまいと思った。青春の回想の甘さは終り、新しい現実が私に向き直って来たように思われた。

風は木の梢《こずえ》にはげしく突っかかっていた。

短い小説の最後の部分である。

読書家の友人に勧められてインターネットで読んでみたが、美季《みき》にはよく判らなかった。ノスタルジックな気分になり、心が澄むような気はしたが、作品の価値を理解できたとは思えない。そもそも、作者らしい男が語り手になっていて、小説というよりエッセイのようなのだ。友人に感想を訊《き》かれて、「文学的やねぇ」と適当なことを応《こた》えた。

それでも印象に残ったのは、「大阪は木のない都だといわれているが、しかし私の幼児の記憶は不思議に木と結びついている」という書き出しだ。確かに、作者が生まれ育ったこの界隈《かいわい》には今も緑が多い。彼が幼かった頃というのは大正時代らしいから、その当時と比べたら格段に少なくなってはいるだろう。しかし、建ち並ぶ寺社のおかげで、家並みに呑《の》まれるのを拒む領域が広く残っていた。

そんな緑をざわざわと揺すって、風が吹く。制服が夏物に替わったばかりの季節には涼しすぎる風だ。半袖《はんそで》のブラウスから出た腕がひやりとした。スカートから出た脚にも風がぶつかる。

坂の下からやってきた中折れ帽の老人が、文学碑の前で立ち止まって写真を撮り始めた。スニーカー履きの軽装でカメラを携えているところを見ると、この近所の住人ではなく、わざわざ散策にやってきたのだろう。五、六人連れ、あるいはもっと大人数の中高年グループを見かけることも多い。

美季はその傍らを過ぎて、石畳の道を下りていく。美しい坂だ。片側に竹を模した手摺《てすり》が設けられ、ランタンのような街灯のデザインも瀟洒《しょうしゃ》である。

美季も友人――里緒《りお》も、ここがお気に入りだった。

「わたしみたいなオダサクのファンにとっては聖地やしね」

聖地はあまりにも大袈裟《おおげさ》に思えるのだが、里緒はクリスチャンでもないのに、キリスト教に関係する言葉を使うのが好きだった。聖地、十字架、聖書、バイブル――これは聖書と同じか――、黙示録、懺悔《ざんげ》、福音など。むしろクリスチャンではないから、軽々しく口にできるのだろう。

高名な作家の姓名をオダサクなどと縮めるのもどうかと思ったが、一般的にそう呼ばれているらしい。戦前戦中の人気作家で、終戦の翌々年に三十三歳の若さで他界したという。

美季は『木の都』しか読んでいない。他の作品にも目を通そうとしたのだが、『夫婦善哉《めおとぜんざい》』だの『競馬』だの『世相』だの、食指の動かない題名が多くてやめた。それでも里緒が切れ切れに知識を授けてくれるので、作家その人について多くのことを覚えた。

「これがオダサク。いけてるやろ?」

若くして逝った作家の写真も見せてもらった。無頼派と呼ばれたというだけあって、どの顔も自信ありげだ。帽子に黒いマントで闊歩《かっぽ》する姿は、何やら物語の中の登場人物のようだった。銀座の有名なバーで撮られた写真とやらでは、スツールに行儀悪く座ったポーズと人懐っこい笑顔がいい。

「ええわ。やっぱり小説家はこれぐらい見栄えせんと」

小説家の値打ちは外見で決まらないだろう、と反論するのはやめた。

里緒に案内されて、この坂を知った。織田作之助ファンの聖地として連れてこられたわけではない。「美季が好きそうなとこ、教えてあげる」と誘われたのだ。坂を下りる前に、文学碑に注目するよう促されたが、オダサクにまつわる講釈が始まることはなかった。

引っ込み思案なところがある美季とは対照的に、友人は快活で物怖《ものお》じしない。仲よくなれたのは性格の食い違いがうまく作用したためで、夫唱婦随をもじって里唱美随とクラスメイトにからかわれたこともある。

「ほらほら」

坂を半ばと少し下りたあたりで、里緒が左手の石垣を指差した。長身の彼女は、何かを見つけるのが美季より早い。

「あっちにも」

顔の向きを転じ、左手の塀を指す。

幅三メートルばかりの坂道を、両側から四つの寺が挟んでいる。どれも江戸時代のとても有名な人——松尾芭蕉《まつおばしよう》や豪商の淀《よど》屋、難しい名前の天文学者など——に所縁《ゆかり》がある寺らしい。その石垣の犬走りや塀の上に、猫の姿があった。左右に一匹ずつ。

「この坂のへんには、美季が好きな猫がいっぱい棲《す》みついてるねん」

美季が母と暮らしているマンションは、ペットの飼育が固く禁止されていた。もとより母は動物が好きではない。美季は、友人に何度か嘆いたことがあった。

「十五匹ぐらいいてるんやて。下に行ったら、もっといてるよ」

そっと手を握って、友人は美季を導く。石段が尽きても石畳は続き、善龍寺《ぜんりゅうじ》の塀からは桜の古木の枝が突き出している。春には桜の笠《かさ》が掛かったようになり、道行く人の頭や肩に花びらを降らせて散るのだろう。今は新緑に染まった枝が、少女らの胸のあたりまで垂れている。

枝の下で茶色い猫が目を瞑《つむ》って蹲《うずくま》っていた。首輪はなくて野良猫然としていたが、肉付きも毛並みも悪くない。二人がそばに寄ると、うっすらと目を開けた。

「この子、可愛い」

「ね？」

案内してきた里緒は得意げだ。そんな友人の顔は、角度によっては蛇を連想させた。とはいえ美しい蛇だ。やや冷たい感じのする美少女。美季は、彼女と親密であることを誇らしく思っている。

「ニャオ」と呼びかけたら、猫はまた目を閉じた。そのタイミングがおかしくて、声を揃えて笑う。

「あっちにもいてるよ」

振り向くと、称名寺《しょうみょうじ》の敷地。格子状のフェンスが張られた石垣の上に、仔猫《こねこ》が二匹現われた。どちらも生後一カ月ぐらいだろうか。キジ猫と黒猫だ。黒猫は、エメラルドのような緑色の目をしている。

「ここ、ええね」

顔をほころばせた美季だが、喜ぶのは早かった。ものの三分としないうちに、あちらのコンクリート塀の隙間から、こちらのフェンスの奥から、わらわらと猫が湧いてくる。足許《あしもと》でミュウと声がしたので視線を落とすと、人懐っこい灰色の猫が体を擦《こす》りつけてきた。

「あかん。可愛すぎて、わたし溶けそう」

美季が屈《かが》んで両手を伸べても、灰色の猫は逃げようとしない。おかげで心行くまで背中を撫《な》でさすることができた。

「猫を撫でたん何年ぶりやろう。道で可愛い子を見つけても、触ろうとしたらみんな逃げてしまうから」

「触り放題やで。猫好きにとってのパラダイス。——ええとこ連れてきてあげたやろ?」

「うれしいわ。ありがとう」

はしゃぐ彼女の傍らを、ぽつりぽつりと通行人が行き過ぎる。猫など珍しくもない、という表情で。

「こんなとこがあるやなんて、知らんかった。くる用事がないから」

彼女らの通う学校は、大阪市の中心を南北に伸びる上町《うえまち》台地の上だ。台地にはいくつもの高校が点在しているが、二人の女子高は口縄坂からやや距離があった。寺に挟まれたこの坂は大通りである谷町《たにまち》筋に面していないし、美季のマンションは台地の東にある。歴史と文学に思いを馳《は》せながら散歩をする趣味でもなければ足が向くところではない。

「口縄坂の由来、知ってる？」

案内板が建っていたので、読んだ。

〈坂の下から眺めると、道の起伏がくちなわ（蛇）に似ているところから、この名が付けられたという〉。

「石段が蛇腹みたいに見えるからやろ？　蛇のことを口縄とも言うんやね」

『木の都』には、道がくねくねと曲がっていて蛇のよう、と書かれていた。昔はそうだったのかもしれない。

「他にもいくつか説があるみたい。ここ、蛇坂というより猫坂やろ？」

「ほんまほんま。猫坂に名前変えるのが無理やったら、せめてクチニャア坂かなんかにしたらええのに」

「それええな。クチニャー坂」

「クチニャアニャア坂」

「あはは。やめて、箸《はし》が転ぶ転ぶ」

十七歳の少女たちは、笑いが止まらなくなる。里緒は、「しーっ」と人差し指を立てた。

「こんなとこで大きな声出したらあかん。静かにせな。あんまり面白いこと言わんといてえな」

そう言いつつも、なお笑いながら美季の肩や二の腕に絡んだ。


今日は独りだ。

里緒は、生徒会の役員会に出ている。終わるまで待っていて欲しそうだったが、帰る時間を合わせても家の方角が違うのだから、ものの百メートルもいかないうちに別れねばならない。「ごめん、ちょっと」と先に下校した。

そして、口縄坂にやってきた。猫たちを片っ端から写真に撮るため、今日はデジタルカメラを持っている。何匹いるのか正確な数は知らないが、何度でも通って完全な猫写真のコレクションを作るつもりだ。

坂を下りだしてすぐ、珊瑚寺《さんごじ》の祠《ほこら》の前で、茶トラの猫が日向《ひなた》ぼっこをしていた。以前きた時、最初に見つけた猫だ。

「いつもきみが出迎えてくれるねぇ」

シャッターを押す。もう一枚、とせがむつもりでもないのだろうが、猫はわずかに座り直した。ほとんど同じポーズだったが、せっかくだからと撮ってやった。

細面の三毛猫が坂道の真ん中に出てきて、立ち止まる。美季がくるのを待ちかまえていたかのようだ。「三匹目」と言いながら、これも写す。

石段を下りた左手にも碑があった。かつて大阪府立夕陽丘《ゆうひがおか》高等女学校があったことを示すものらしい。台地の上に移転した現在の夕陽丘高校のことである。『木の都』には、主人公がそこの美しい女生徒に恋心を抱いたことが、さらりと綴《つづ》られていた。坂を上ってくる制服の人を見て、夕陽を浴びたように頬が赤くなったことも、今は懐かしい想い出である。そんなような文章だったのを覚えている。おお、ロマンティックと思った。

また何匹もの猫が四方から集まってきた。いったい、どこから這《は》い出してくるのか。寺の境内やら木立やら、安全な場所がいくらでもあるのだろう。

三匹、四匹、五匹。

どの猫も従順にコレクションに加わってくれる。人を恐れないので好都合だ。警戒して石垣の上から降りてこないものもいるが、カメラを嫌がることはなかった。

買い物袋を提げた中年の女が通りかかる。すれ違いざまに、ぽつりと言われた。

「餌はやらんようにしてね。よその敷地にも入らんように」

「はい」と応《こた》えた。

餌付けをしたり、私有地に踏み込んで写真を撮ったりする人間がいるのか。そんなことをするつもりはないが、カメラマン気取りではしゃぐところではなさそうだ。節度をわきまえて、と自分に言い聞かせた。

間隔をおいて次から次へと新しい猫が出てくるので、立ち去りかねた。気がつくと二時間半が過ぎ、さすがに六月の長い日も暮れかかる。

粘った甲斐《かい》あって、十一匹の猫を写真に収めることができた。どれもありふれた雑種だが、誰かがコーディネイトしたかのように色や柄が様々だ。

一日でコレクションが完成したとは思えない。まだ何匹かいるはずで、またそうでなければつまらない。

街灯に明かりが灯《とも》ると、石畳はオレンジ色に映えた。その中を、家路を急ぐ人が行き交っている。ごく日常的な風景なのに、坂の上から下りてくる人の影には現実感がなくて、まるで映画か夢のようだ。

この坂には魔法がかかっている。猫たちが居つくのは魔法のせいではないか。そんなことを思った。

坂を上って帰りかけた時、背中にちりちりとした視線が刺さるのを感じて振り向くと、白いものがフェンスの向こうの叢《くさむら》に隠れる。輝くほどの白さが残像となった。一瞬、長い尻尾《しっぽ》が見えた。白い猫がいたのだ。撮りそこねたけれど、またの機会に狙えばいい。この次くる時の楽しみというものだ。

歩き出したら叢からガサリと音がしたが、肩越しに見ても猫の姿はなかった。

暗い部屋に帰ったのは八時前。寄り道をしなくても、夕刻から出勤する母とはいつも入れ違いだ。テレビを観ながら作り置きの夕食を温めて食べる。ふだんから独りなので、淋《さび》しいとは思わない。

食べ終えて食器を洗っていたら、ほんのりと右頬が火照《ほて》ってきた。何故だか判らない。ふと顔を上げ、右手を見た。サッシ窓の向こうに夜の闇があるばかり。そこから何者かに覗《のぞ》かれていたような気がした。

美季の部屋は三階にある。不審者がバルコニーまで登ってきたのでは、と怖くなった。窓に近寄って様子を窺《うかが》う勇気はなかったので、もしもの場合に備え、いつでも一一〇番通報できるように電話の子機を手にした。

五分たち、十分がたっても何も起きなかった。やがて緊張も緩んできて、思い過ごしだったと結論を下す。それでも子機は手許《てもと》から放さずにいた。

携帯電話のメールをチェックしたら、里緒から二通届いている。〈一緒に帰れなくて残念〉〈あしたは待っててね〉といった内容だ。どちらも受信してから四時間以上たっていたので、すぐに返信した。すでに遅すぎるが、少しでも早い方がいい。

返事を送って五分としないうちに、絵文字だらけのお気楽なメールがきた。返事が遅れたことを責めてはいなかったので、ほっとする。〈猫を見に行ってたんやろう?〉と図星を指された。こんなこともあろうかと、携帯で撮った数枚の写真を送ると、一枚ずつにコメントして返事が送られてくる。そんなことをしているうちに時間がたち、〈お風呂《ふろ》に入るから〉と切り上げた時は、十時を過ぎていた。

独りの部屋で風呂に入るのを怖がった時期もあるが、それにも慣れた。温《ぬる》めの湯に長く浸《つ》かり、好きな歌をいくつも歌う。さっきバルコニーに不穏な気配を感じたことを思い出したが、もう怯《おび》えたりはしなかった。

風呂から上がって、代わり映えしない顔を鏡で見る。笑いかけたら、「泣きだすのかと思った」と何度か友人に言われたことがあるほどの泣き顔だ。目許がきつい母とは似ていない。かといって、別居中の父ともまるで違う。

これで得をすることはなさそうだ。小学校時代に男子からいじめられかけたのも、顔のせいだろう。担任教師がその児童を厳しく指導してくれたのと、正義感が強い別の男子がかばってくれたので救われたが、いじめっ子の放った言葉が胸に残っている。「いじめたくなる顔や」。哀しいのは、そうかもしれない、と自分が思ったことだった。

中学、高校と進むうちに人との付き合い方もうまくなり、いじめとは無縁で過ごしている。一番仲がよかった友人と高校が別になったことが残念だが、学力に差があったのだから仕方がない。今は、里緒が一番の友だち。相手を自分のペースに引き込もうとするきらいがあるが、不愉快なことは決して言わないし、親切で面白い子だ。

十一時から宿題にかかり、だらだらと一時間半かけて片づけた。携帯のパズルゲームで遊んでいるところへ、母が帰ってくる。

「またそんな恰好《かっこう》をして。風邪ひかへんか？」

Tシャツにショートパンツ姿を見て言う。少し涼しいが、それぐらいが気持ちいい。

「薄着が好きな子やな。せやけど、外では気をつけなあかんで。あんたみたいな子、狙う男がいてるんやから」

「『あんたみたいな子』って？」

そこだけ聞き流せなかった。

「なんて言うか……あんたみたいな感じの子や。歩いて通学してるから痴漢には遭わんやろうけど、街でしょうもない男に目ぇつけられんようにしいや。ストーカーなんかにつきまとわれたら、えらいことやで」

「お母さんは心配性やな」

「男と女には、おかしな縁や相性があるんや。一方的なもんでもな。油断したら変なことになる。悪い男につけこまれたら、ほんまひどい目に遭うんやから」

母は、ミナミのスナックに勤めている。酔った客の話し相手になり、立ちづめで深夜まで働いて自転車で帰宅するのだが、途中に急な上り坂と下り坂があるから毎日大変だ。自分を養うため懸命に生きてくれていることに感謝している。

店であったことを話すことはないけれど、質《たち》のよくない客もいるだろう。男女間のトラブルについて見たり聞いたりすることも多いだろう。娘を案じる根拠があるのかもしれない。

わずかな時間を共有して、美季は自分の部屋で床に就く。母はしばらく起きていて、いつも二時過ぎに寝るようだ。

ベッドに入ると、すぐに眠気が襲ってきた。ダイニングからは、音量を絞った深夜番組の声が聞こえてくる。他愛もないバラエティ番組のようだ。母は「夜中は、ろくなんやってない」と言いながらもテレビをつけずにいられない性分だった。

いったん寝入り、しばらくして目が覚める。暑がりの悪い癖で、掛け布団は撥《は》ねのけていた。完全に覚醒《かくせい》したのではなく、夢か現《うつつ》か判然としない。母は眠ったらしいな、と朦朧《もうろう》とした頭で思った。家中が、しんとしている。

と、右足の親指の先に何かが触った。あまりに微《かす》かな感触で、何かとしか言えない。ベッドのまわりにはものを置いていないので、怪訝《けげん》に思った。

同じ指の腹に、また何かよりはっきりと触れる。目の細かいサンドペーパーで擦《こす》られたかのようだ。正体を確かめたかったが、噂に聞く金縛りに掛かったのか、体が動かない。こんなことは初めてだ。

強烈な恐怖として体験されるそうだが、それほどでもない。ただ奇怪だ。両手の指を動かそうと試みるも失敗に終わり、目を開くこともかなわなかった。次第に不安がせり上がってくる。

これ以上続くと恐ろしい。もう解放されたい。そう願った時に、右手の甲を何かがザラリと擦った。

「ふっ！」という声とともに上体が反り、肉体が自由になっていた。

翌日の放課後。

口縄坂に向かいながら話すと、里緒は「怖いね」と言った。

「金縛りって、わたし、なったことないねんけど、聞くだけで嫌やわ。そんなんが癖になったら困るね」

癖になってたまるものか。

「この話、やめよ。もうええわ」

口縄坂には、今日も猫がいっぱいだった。昨日は見かけなかった白黒の猫がいたので、すかさず写真に撮る。もう一枚と思ったら、赤っぽい毛の新顔が塀の上に現われ、慌ててカメラを向けた。

「美季は猫使いやな。なんぼ猫の名所やというても、ここまでは集まれへんで」

里緒は呆《あき》れている。坂の下で撮った写真を見直していたら、まわりを取り囲まれてしまった。数えると全部で七匹。遠くの石垣の上にも二匹が座っている。

「どれぐらい撮った？　昨日撮ったのと、さっきの入れて十三匹？　この坂に棲《す》みついてるのが十五匹やとしたら、あと二匹やん」

「十五匹というのが確かやないけどね。数は増えたり減ったりしてるやろうし」

「まあ、そうやけど——あれは？」

コンクリート塀の隙間から、痩《や》せた白い猫が出てきた。尻尾の先が鉤《かぎ》形に曲がっている。

「十四匹目や」

脅かさないように、そっとカメラを構えた。白猫は脚を止め、大きな欠伸《あくび》をする。それから臆《おく》することなく二人の足許までやってきて、地面にころりと転がった。そこを一枚。

里緒が顎《あご》を撫《な》でたら喉《のど》を鳴らして喜ぶ。されるがままなので美季も頭をさすってやると、返礼のようにその手をひと舐《な》めする。

「うわ、舐めた舐めた。よかったやん。それ、猫が親愛の情を示してるんやで」

友人のように笑えなかった。猫は好きだったが飼ったことはない。だから、ブラシのごとく小さな棘《とげ》がその舌に生えていることを知らなかった。

「どうしたん、嫌やった？」

里緒に訊《き》かれて、「あれとそっくり」と応《こた》える。金縛りの最中に感じたザラリとした感触を鮮明に思い出した。

声が小さすぎたからか友人は美季の呟《つぶや》きに反応せず、別のことを話す。

「噂に聞いたんやけど、ものすごい美猫がいてるらしいよ。真っ白で天使みたいな雄猫。めったに見られへんねんて。それが十五匹目なんかな。……この子も雄やけど、違うね」

気を悪くしたのか、痩せた猫はぷいと横を向いた。

「残すは、あと一匹――という保証はないけれど、もう少し張ってみる？　幻の美猫を待って」

「やめとく」空を見上げた。「曇ってきたし」

どす黒い雨雲が、すぐそこまできていた。天気予報によると、夜半から激しい雨になるらしい。

「その猫やったら、昨日、見そこねたかもしれへん」

帰る間際のことを話したら、「きっとそれやわ」と里緒は決めつけた。

降りだしたら、いきなり大雨だろう。里緒は名残り惜しそうだったが、美猫の出現を待つのは諦《あきら》め、坂の下で別れた。


夜が更けて、雨になった。

豪快な降りようで、口縄坂の猫たちのことを案じる。どこでこれを凌《しの》いでいるだろう、と。街灯が侘《わび》しく照らす石段を、雨が滝となって落ちていく情景が浮かんだ。

母が帰るまで、インターネットで『木の都』を再読してみた。ゆっくり読み返すと、自分なりの発見がある。文学碑にも採られていた「白い風」は、戦争間近という時局を含めた容赦のない現実を指しているのではないか。この小説は、それに抵抗する静かな決意で締めくくられているようだ。的はずれかもしれないが、せめてそれぐらいの感想を里緒に言いたかった。

語り手は、夕陽丘高等女学校の中に一度だけ足を踏み入れている。初読の際は読み飛ばしたが、その一節もひっかかった。女学校に創設された籠球部《ろうきゅうぶ》――バスケットボール部のことだろう――に中学校指導選手として招かれた語り手は、「水原という、私は知っているが向うは知らぬ美しい少女」を見つける。夕陽に照らされる坂で、すれ違い様に名札を読み取っていたのだろう。語り手は、籠球部に入ってわずか四日しかたっていなかったため、指導される少女たちよりも下手な投球しかできない。水原は何と思ったか、「私は知らぬ」。これは甘酸っぱい。

道行く若い男が、自分の名札に目を凝らすことはあるだろうか？　母は眉《まゆ》を顰《ひそ》めるだろうが、あって欲しい。

その母が帰ってきたのは、一時前だった。「遅かったね」「馴染《なじ》みのお客さんが長尻《ながじり》したんや。かなんかった」など、少しだけ話す。連日、坂を上がったり下りたりした疲れのせいか、ベッドに入るなり泥のように眠ったのだが——。

短い夢を見た。

黒いマントを翻しながら、男が夕暮れの口縄坂を上っていく。目深《まぶか》にかぶった黒いソフト帽で顔は翳《かげ》っているが、面立ちが写真で見た織田作之助に似ていて、あるいは、と思わせる。肩幅は広く、たくましい。

坂道に覆いかぶさる木々の枝を風が揺すり、乾いた音が夢に満ちた。男は力強い足取りで進む。白い風に立ち向かうかのように。

男の姿が坂の上に消えたところで、夢が果てた。

——またや。

美季は金縛りに襲われる。意識はあるのに全身が硬直して動かず、声を出そうとしても無理。

——夢から覚めた途端に金縛りって……こんなこともあるの？

寝入る前と同じく、仰向けのままだった。両腕は左右対称に斜め下に投げ出した恰好《かっこう》で、両脚はぴたりと閉じている。さながら標本にされたようだ。

部屋に何かがいた。正体不明のものが、畳の上を滑らかに移動する気配がする。それはよほど軽いのか、まったく音をたてない。

金縛りは霊的なものではなく、単なる生理現象にすぎないと本で読んだことがある。眠りそこねているだけだ、と自分に言い聞かせても恐怖は拭《ぬぐ》えなかった。

何かは足許《あしもと》に回り、動くのをやめた。それが自分を熟視しているのを感じる。美季にできることは、耳を澄ますことだけだ。しかし、何が起きているのかを知る手掛かりは得られず、ただ雨の音が聞こえるばかりだった。

右足の甲に、あのザラリとしたものが触れた。二度、三度。同じ感触が左足の甲に移り、また三度。

猫と遊びすぎたからこんな夢を見てしまうのだ。夕方の記憶が夜中におかしな洩《も》れ方をしているだけ。理性は懸命に抵抗するが、うまくいかない。

棘の生えた舌が、また肌に触れた。右の脛《すね》、左の脛。敷き布団に接しているはずの脹脛《ふくらはぎ》にも、それは及んだ。

やがて右の膝《ひざ》に。最初は擦《こす》られるような感覚だったのに、遠慮がなくなってきている。

異様だ。左の膝は、入念に舐め回された。

猫がここにいるはずがない。あり得ないが、もしも何かの間違いで入り込んで自分を舐めているのだとしても、その体はどうなっているのか？　まるで中空に舌だけが漂っているようではないか。

謎めいた舌は今や右太腿《ふともも》の上にあり、しっかり閉じた内腿《うちまた》を経て、左太腿へ進む。そこで小休止するように留《とど》まったかと思うと、ジャリジャリと音をさせながら内腿を伝って右太腿へと這《は》った。

おぞましいばかりの羞恥《しゅうち》に耐える。小さいながら凶悪なものは内腿を執拗《しつよう》に舐め、その弾力を味わうように舌先で若い肉を押した。赦《ゆる》しがたい狼藉《ろうぜき》だ。

どうにもならない、と諦めかけた時、意思に反して体が動いた。だが、それは歓迎すべからざる事態だった。両脚が徐々に開いていくのだ。まるで、棘のある舌をその中心に招くかのように。

——絶対に嫌。

大腿《だいたい》筋を動かそうとしたが、その自由はない。舌が触れる面積は大きくなり、内腿の付け根へと着実に迫っている。泣きたくなった。

秘部まであと五センチほど、という時に、和室の襖《ふすま》が開く音がした。

——お母さん！

救いを求めて叫ぼうとするが、結んだ唇を開くこともかなわない。思いもよらぬ理由で娘の部屋に入ってきてくれないものか、と希《ねが》ったが、そんなことはなく、手洗いのドアが開閉する音が聞こえた。

だが、母は娘を救った。それだけの雑音で棘のある舌はどこかへ消え去った。金縛りは解け、不穏な気配もしなくなる。

自分のまわりにあるのは慣れ親しんだものばかりだ。今までのことが、風変わりな悪夢にしか思えなくなっていた。


翌日は、べたべたした梅雨らしい雨の一日になった。昼休みになると、美季は昨夜の体験を聞いてもらうため、人の耳がない非常階段に里緒を誘った。

「淫夢《いんむ》やん」

ひととおり聞き終えた友人は、あっさりと言った。

「インム？」

「淫《みだ》らな夢のこと。ちょっと変わってるけど、結局、そういうことやない？　あ、怒ったらあかんで。修道女やないねんから、恥ずかしがる必要もない」

美季は、どう反応したらいいのか戸惑う。

「ザラザラの舌に舐《な》められるようなんやないけど、わたしもいやらしい夢ぐらい見ることあるよ。見るのが自然やん。頭にいやらしいことも詰まってるもん。無意識の領域に押し込めてるだけで」

困った表情を作ったまま聞いていると、さらにあけすけなことを言われた。

「美季、男欲しいんやろ？　ごめん、言い直すわ。彼氏欲しがってるやろ。判ってるで。わたしと歩いてる時、いけてる男の子が通ってたら、ちらちら横目で見てるもん」

責めるような口調だ。

「そんなことないよ」

「見てもええねん。自然なことやから。そんな気持ちが変な夢になって出るんや。金縛りになる前に、黒いマントの男が風に向こうて石段を上る夢を見たって言うたやん。それは多分、リビドーが象徴化したもんや。リビドーって聞いたことある？　生きようとする欲動で、セックスの衝動と結びついてる」

勝手に決めつけられて心外だったが、無意識を持ち出されたら否定するのも難しい。リビドーだの何だの、よく判らないが、本で読み齧《かじ》った精神分析の真似事だろう。里緒に話したことを後悔した。

拗《す》ねた顔になっていたのかもしれない。里緒もしばらく黙り込んでいたが、やがて

「そうでなかったら」と言う。

「猫に取り憑《つ》かれたのかもしれへん」

冗談ではなく、本気らしい。

「口縄坂の？」

「うん。あそこにいてる猫のどれかが、動物の分際で美季のことを好きになってしもたんや。それで家までついてきたんやろうな」

誰もいないはずのバルコニーから見つめられているような気配がしたことを話すと、里緒は頷《うなず》いた。

「それ、怪しいわ。口縄坂から帰ったすぐ後のことなんやろ？　はっきりしてるやないの。雄猫の悪戯《いたずら》やったら、こらしめんとあかん」

「どうやって？」

予鈴が昼休みの終了を告げる。

「さっき天の啓示を受けた。帰りにあそこに寄ろう。わたしが、うまいことしてあげる」

わけも判らないまま、美季は里緒と連れ立って、放課後に口縄坂に向かった。雨粒は小さくなっていたが、降りやむ様子はない。文学碑のところまでくると、何故か里緒は水色の傘を畳み、「入れて」と美季にすり寄ってきた。

いつもより人通りは少なく、猫の姿はなかった。みんな雨宿りをしているのだろう。石畳や木々の葉を打つ雨音が、不思議な音楽のように響いている。

「真ん中へんまで」

里緒が言うので、一つの傘の中で肩をぶつけながら坂を下りる。スーツ姿の男が上がってきた。里緒が歩調を落としたのは男をやり過ごすためだと察せられたが、坂の真ん中で何をしようとしているのか見当がつかない。

「こっち向いて」

二人は見つめあった。里緒は、鞄《かばん》と傘を足許に投げ出す。

「何をするの？」

美季の両肩に、里緒の手が掛かった。

「儀式」

長身なので、前屈《まえかが》みになっているのだろう。美しい友人の顔が、すぐ近くにあった。それが眼前に大きくなったかと思うと、唇が重なる。驚きのあまり足許がよろけてしまい、体の支えになるわけでもないのに、ぎゅっと傘の柄を握りしめていた。

一秒や二秒ではない。相手が愕然《がくぜん》として動けないのをいいことに、里緒は離れなかった。半開きになった唇の隙間に里緒の舌が侵入しかけたところで、慌てて押し戻す。

「これが、儀式？」

傘の外に出た友人は、「そう」と答える。開き直ったような、どこかふてぶてしい顔で。

唇をハンカチで拭《ぬぐ》えば、里緒は傷つくだろう。だから我慢した。

「びっくりさせて、ごめん。美季につきまとってる雄猫に見せつけるためにやった。『この子は、あんたのものにならへん』って教えるために。野良猫なんかに渡せへん」

馬鹿げている。人が通りかからなくてよかった。

動悸《どうき》が鎮まると、美季の胸に怒りが込み上げてきた。友人は、自分の心配事を受け止めてくれなかった。それどころか自らの欲望をかなえることに利用した。

「ずるいわ」

強く抗議したかったのに、言葉はそれだけしか出てこない。里緒は、雨に濡《ぬ》れたまま立っている。目を逸《そ》らしたりはしない。前髪が額に、ブラウスが肌に張りつきかけていた。

背を向けて、置き去りにする。

——いつまでも濡れてんと、傘さし！

そう思いながら駈《か》けだした。

同じ部屋で寝たい、と言ったら、母は「ええよ」と応《こた》えた。

「どうしたん。怖い夢でも見るんか？」

「うん。最近、金縛りになったりする」

「疲れてるんやな。気ぃつけや」

Ｔシャツとショートパンツをやめ、春先に着ていたパジャマを出す。そんなことをしても無駄かもしれないが、露出する部分をできるだけ減らしたかった。

「風邪気味か？」

「ちょっと」

「薄着をしすぎるねん、あんたは」

久しぶりに、母娘で布団を並べて寝た。電気を消して五分とたたないうちに母が寝息をたて始めたので、急に心細くなったが、その五分後には美季も眠りに落ち、朝まで目を覚ますことはなかった。


もしかすると里緒は正しかったのかもしれない。晴れた空の下、学校へと歩きながら思う。

しかし今朝、どんな顔をして彼女と会えばいいのか。気まずいのは向こうのはずなのに、美季は重い気分で校門をくぐった。

と、友人が欠席だと聞いて拍子抜けしてしまう。ほっとしたものの、雨で風邪をひいたのではないか、と気になった。見舞いのメールを打ちたいけれど、昨日のことがなかったかのような文章は書けない。午前の授業中、ずっと悩んだ。

下校時間になっても、まだメールができない。そんな自分の優柔不断さを呪っていたら、まさに学校を出たところで里緒から送信してきた。いつもと違って絵文字はいっさいない。

冒頭に〈きのうはごめん〉とあったので、思わず「もうええよ」と声を口に出していた。「やめて」「ごめん」で済むことに思えてきた。女同士で口づけしても、ファーストキスにはならない。そういうことにした。

〈口縄坂には絶対行かないように〉

二行目はそんな忠告だ。続く文章を読んで、背筋に悪寒が走った。

〈きのうの夜、寝てたら、目に見えないものに顔をひっかかれた。猫の爪みたい。傷がひどいので、学校を休んで病院に行った。気をつけてね。わたしは、このメールを打つのが精一杯。美季に近づくのも電話するのも、今はこわい〉。

昨日の儀式の報復を受けたというのか。信じられない。迷惑がられるだろうが、くわしい話が聞きたくて電話をかけてみる。しかし、里緒は電源を切っていた。やむなくメールを送る。

〈傷は大丈夫？　どういうことか知りたいから、できたら電話かメールして。里緒が

心配〉

歩きながらもずっと携帯を握ったままでいたが、家に帰っても返事はない。本当に自分との接触を恐れているのなら哀しいし、トラブルに友人を巻き込んだのなら申し訳なく思う。これからどうすればいいのか、考えても答えが見つからなかった。

――昨日の仕返しに、からかわれているだけやないの？

そんな考えが浮かびかけたが、友人を疑いたくない。里緒だって、いつまでも欠席するわけにもいかないから、そのうち面と向かって話す機会がくる。それまで気持ちは宙吊《ちゅうづ》りでいることになりそうだった。

その夜も母の隣に布団を敷いた。

昨夜は何事もなく過ぎたが、里緒からのメールに偽りがなかったら、それは見えない何かが彼女を襲いに行ったためであり、今夜はまたこちらを訪れるかもしれない。

「わたしの様子がおかしかったら、揺すって起こしてな」

頼むと、母は約束してくれた。まだ子供やな、と思われてもかまわない。

なかなか寝つけなかったが、やがて睡魔はやってきた。

気がつくと、口縄坂の下に立っていた。傍らには、〈夕陽丘高等女學校跡〉の碑。

晴れた夜空に月は見えず、闇は塗り重ねたほど深い。街灯の届く範囲だけが煌々《こうこう》と明るかった。

いつの間にここにきたのか、とんと覚えがない。さっきまで布団で眠っていたはずなのに。

純白のブラウス。蝶結《ちょうむす》びにした臙脂《えんじ》色のリボンタイ。紺のプリーツスカート。どうして制服に着替えているのだろう？　自分の服装を見て驚く。

――わけが判れへん。

人の気配はなく、この坂だけが世界から切り取られたようだ。

茫然《ぼうぜん》としていると、あちらこちらから黒い塊が寄ってきた。猫だ。爛々《らんらん》と目が光っている。猫たちは、石段の端や塀の上など思い思いの場所で足を止め、思い思いの恰好《かっこう》で落ち着いた。視線を彼女に向けたまま。

背後から、何かがやってくるのを感じた。まっすぐに向かってきたのは、黒いソフト帽に黒マントの男だ。顔には濃い翳《かげ》が射している。とっさに道端によけた。

男は昂然《こうぜん》とした様子で美季の鼻先をかすめ、石段をずんずん上っていく。一段ごとに肩が右に左に傾き、マントが波打った。

遠ざかる背中を見送りながら、美季はわれ知らず溜《た》め息を洩《も》らした。何か圧倒的なものの存在を感じて、胸が騒ぐ。

あちこちに散った猫たちも、ただ一匹の例外もなく彼女と同じように男の方を向いていた。

まっすぐに伸びた石段は、夜空へと続く梯子《はしご》のようだ。男はそれを上りきり、足から順に見えなくなっていく。背中が消え、頭だけになり、じきに帽子が去る。

それでもしばらく、説明できない感情の余韻にひたって坂の上を見ていた。奇妙なことに、猫たちも向き直ろうとはしない。まるで、新たな何かの登場を待っているかのように。

男のものよりかずっと小さな影が、しなやかに現われた。

街灯の光に浮かび上がったのは、真っ白な猫。

遠目にも美しい。その整った顔立ちといい、麗しい肢体といい、気高い佇《たたず》まいといい、まるで猫という生き物の完成形で、非の打ち所がない。そんな猫が、じっとこちらを見下ろしている。

畏《おそ》れを覚えた美季は、石畳に跪《ひざまず》き、両掌《りょうて》を突いた。

この真っ白な猫に見初められたのだ。この猫が自分の部屋に忍び入って不埒《ふらち》なことをし、嫉妬《しっと》のあまり里緒を傷つけた。ああ、そうだったのか。

猫の瞳《ひとみ》は、針のように細い。挑むごとく、こちらをにらんでいる。

そばにこい、と命じられた気がした。

――行きます。

美季は、四つん這《ば》いのまま上りだす。両掌に石段の冷たさを感じながら、尻《しり》を振って進む。周囲の猫たちは視線を転じ、そんな彼女に注目していた。

半ばまできたあたりで、白い猫が尻尾《しっぽ》を立てる。その途端、大きな物体が猫の傍らに出現し、ずるずると石段を滑り落ちてきた。

人形かと思ったら、顔に夥《おびただ》しい傷を負った里緒だ。かっと両目を見開いた友人は、頭を下にして美季のすぐ横を通り過ぎていく。

白猫は短く鳴いた。

早くこいと言っている。

開いた口に、棘《とげ》だらけの舌が覗《のぞ》いた。

真言坂《しんごんざか》

"I'll leave if you prefer"

そこでキーを叩《たた》く手が止まりました。

お望みならば、ぼくは消えるよ。

そう訳せばいいだけのようでいて、しっくりときません。こんな文章で迷うなんて本当にプロの翻訳家なのか、と中学生に嗤《わら》われそうです。

でも、これはヒロインが愛した男から投げかけられる最後の台詞《せりふ》で、あだや疎《おろそ》かに扱うことはできないのです。わたしの眼前に壁が立ちはだかりました。そこに彫り刻まれているのは、"I'll leave if you prefer"。

詰まったらいったん仕事を離れて、最適の言葉が浮かんでくるのを待つのがいい。経験的にそう知っているので、潔くパソコンを休止させて席を立ちました。昼食をすませてから二時間以上は一心不乱に没頭していたから、休憩をとるのにもいい頃合いです。

床に何枚か落ちていたメモを屈《かが》んで拾い、辞書類や資料が山積みになった机の上に戻しました。二つ折りにした身体を戻す時、足許《あしもと》がふらつき慌てて椅子の背に摑《つか》まります。鉄分をしっかり摂《と》っているのに、久しぶりに貧血を起こしかけたようです。

そのままじっとして様子をみましたが、大丈夫でした。軽い立ちくらみですんだので、ダイニングに移動して紅茶を淹《い》れます。ちょうど三時でした。おやつを切らしてしまっていて、何もないのが残念。

——ぼく、行くわな。

そんな声が耳の奥で聞こえました。

精神は安定していますから幻聴がしたわけではなく、さっきの台詞の訳文が閃《ひらめ》いただけです。でも、作中でこれを口にするのはウォールストリートで敏腕の金融アナリストとしてならすニューヨーカー。唐突に「ぼく、行くわな」なんて訳したら冗談にしかならず、どうにかこうにか回してもらっている仕事を失ってしまうでしょう。わたし程度の翻訳家の代わりはいくらでもいるのだし。

そのニューヨーカーは、生まれや育ち、職業、ライフスタイル、人生観のどれをとっても共通するところはないのに、それでいてどこかあなたに似ているのです。小さな仕草、言葉の選び方、女性と話す際の間といったものが。そのせいで、彼を——ジェイムズといいます——あなたに重ねてしまうこともしばしばで、もしかすると「ええやんか」なんて訳文をうっかり直し忘れているかもしれません。

今、手掛けているのは例によって若い女性向けのロマンス小説です。二時間もあれば読み切ってしまえるボリュームで、新聞の書評欄で紹介されるはずもないほどありふれた展開の作品ながら、ヒロインの心の動きや何気ない情景の描き方に非凡なものがあって、単なる暇つぶしとして消費されるだけのものではないと思います。この本をいつまでも大切にしてくれるお嬢さんがきっといる。そんな読者のために、心を込め、ありったけの知恵を絞って丁寧な仕事をしなくてはなりません。

もとよりわたし自身が書いた小説ではなく、海の向こうの原作者から託されたもの。それを最もいい形で日本の読者に届けるのが責務です。平易な英語で書かれた通俗的な——世間ではそう評されるでしょう——ロマンス小説であっても、このぐらいでいいか、と流してしまってはいけない。

——川の向こう岸からこっちの岸へ小説を運ぶんやから、絹江《きぬえ》ちゃんは渡し守みたいなもんやな。

あなたは、そんなふうに喩《たと》えてくれましたね。十六年も前、大学三年生のわたしが、教授に頼まれてファンタジー小説の下訳をしていた時のことです。おかしな比喩《ひゆ》だと思いましたが、いつまでも心に留まっています。

なるほど、翻訳を職業にしてからは渡し守になった気分を味わうことがありました。

凝った文体の原作に当たると、流れの速さに棹《さお》が負けそうになるような感覚があり、また楽々と仕上げられるだろうと油断していた作品に訳者泣かせのデリケートな部分があるのに気づいた時は、思わぬ浅瀬に乗り上げたようで。作品のボリュームは川幅をイメージさせます。

わたしは、同じ川を一度きりしか渡らない船頭なのかもしれません。小唄《こうた》を口ずさむこともなく、常に新しい川に漕《こ》ぎだして、黙々と棹を操る渡し守。自分に似合っているようです。

翻訳とは、ただ横のものを縦にするだけではなく、とても創造的な仕事であるはず。でも、万事が受け身で控えめなわたしにはそんな意識はなく、ただ送り主に託されたものを確実に対岸まで運ぶことを使命と考えた方が喜ばしく思えます。渡し守に徹することができれば満足です。

紅茶を飲み干すと、カップをさっと洗ってから日課の散歩に出かけます。わたしは幼い頃から虚弱で、いまもひと冬に何回となく風邪で寝込む fragile health——蒲柳《ほりゅう》の質《しつ》です。おまけに座業ときてはますます体力が落ちていきそうで、しっかりと歩くことだけは心掛けているのです。

先月、さる出版社主催のパーティに顔を出したついでに両親の家に寄ると、老境にさしかかった母は、このところ膝《ひざ》が痛むと訴えていました。似たところの多い母と娘、いずれ自分も同じ道をたどるのでしょうが、筋力をつけて少しでも老化を遅らせたいものです。三十七歳になり、美容の面でも気になることが生じかけていますが、自由に動き回るためには膝を大事にしなくては。

マンションを出ると、いつもどおりお寺の塀に沿って南へ。数分行ったところで右手の石段を下りると、高津《こうづ》神社の敷地です。そのまま横切ってしまうこともありますが、今日はまた右手に現われる表参道の石段を上って、本殿にお参りすることにしました。

大都会の喧騒《けんそう》の只中《ただなか》にあって、静謐《せいひつ》と荘厳さを保った空間です。わたしは、鈴を力強く鳴らし、お賽銭《さいせん》箱に五円玉をそっと投じてから、二礼二拍手一礼。拍手《かしわで》は、大きく乾いた音をさせて打ちました。手水《ちょうず》は無精にも略してしまいましたが、ほかはあなたに教わったとおり。

参拝をすませてから西の絵馬堂の方へと進みます。そこの椅子に腰掛けて、あなたとおしゃべりした時のことを思い出して懐かしくなるので、つい足を運んでしまうのです。

今日と同じような晴れた五月の日。あなたが次々に繰り出すお話が面白くて、風が気持ちよくて、本当に楽しい時間でした。

――高津《たかつ》の宮の昔より　よよの栄《さかえ》を重ねきて　民のかまどに立つ煙。

急に歌いだした時は、わけが判らずきょとんとしました。

――大正《たいしょう》十年にできた『大阪市歌』や。大阪の人やったらみんな歌える。絹江ちゃん、知らんかった？……嘘や、嘘。こんなん歌える人、会《お》うたことない。

東京で生まれたという記憶もないまま、父の転勤に伴って静岡《しずおか》、広島《ひろしま》、名古屋《なごや》と移り、十七歳でここにやってきたせいで、大阪についてのわたしの知識はいたって貧弱なものでした。歴史に強くて教え好きのあなたは、たっぷりと講義をしてくれましたね。それに応《こた》えるべく、わたしは生来の聞き上手ぶりを発揮したつもりです。

『万葉集』で難波《なにわ》天皇と称され、仁政で名高い仁徳《にんとく》天皇の高津宮があったのは、このあたりであること。その地を選んで九世紀に高津神社が建てられたこと。

仁徳天皇について知っていることが二つだけありました。堺市《さかいし》にある巨大な古墳が仁徳天皇の陵墓ではないか、と言われていること。宮殿から町を見渡したところ夕刻だというのに家々から食事の支度をする煙が上がっていないので、民草の苦しい生活を察して租税を免除し、竈《かまど》の賑《にぎ》わいが戻るまで自らが倹約に努めた、という逸話。――それを思い出したところで『大阪市歌』の意味が判りました。

――このあたりに立って、町を見下ろしたんですね。

絵馬堂から西を望んでも、現在ではさっぱり見晴らしがききません。でも、千六百年も昔ならば、と思って言ったら、あなたは首を振りました。

——その頃は、この近くまで海がきてて、小島があちこちに浮かんでるという風景だったはずやわ。仁徳天皇が見はったんは別の方角やろうな。ここからの眺めがよかったんは、江戸時代や。

遠眼鏡つまり望遠鏡を貸す商いがここではやり、名所ぶりが全国的に知られていた。十返舎一九《じっぺんしゃいっく》の『東海道中膝栗毛《とうかいどうちゅうひざくりげ》』にも描かれている、と話してくれました。

そのほかにも、この神社ゆかりの人形浄瑠璃《じょうるり》や歌舞伎、落語について饒舌《じょうぜつ》に語ってくれたことをよく覚えています。あまりに盛りだくさんだったので、話の中身を再現するのは無理ですけれど。

絵馬堂には、まだ新しい額が飾られています。あなたは見たことがないものです。上方歌舞伎にとって待望だった中村鴈治郎《なかむらがんじろう》あらため四代目坂田藤十郎《さかたとうじゅうろう》の襲名を記念して奉納された絵馬で、藤十郎をモデルにした『夏祭浪花鑑《なつまつりなにわかがみ》』の団七九郎兵衛《だんしちくろべえ》が画題であるのは言うまでもありません。それこそまさに、この高津神社の境内が舞台の物語なのですから。

そう、あなたは『夏祭浪花鑑』についても熱弁をふるってくれました。好きなお芝居だったのですね。

——団七というのは侠客《きょうかく》で、義理の父親が恩人を裏切ろうとするのを諫《いさ》めようとして、高津さんのお祭りの夜に殺《あや》めてしまう。地車囃子《だんじりばやし》の中での狂おしい〈殺し場〉。絶対

に観た方がええよ。ほんまもんの泥水を張ったところへ舅《しゅうと》を沈めて殺すんやけど、そら
もう凄絶《せいぜつ》で、しかも美しくて、安もんの推理作家が観たら真っ青になるわ。オペラ
のクライマックスでも、あれだけの迫力はなかなか出えへん。
〈殺し場〉という言葉が耳に残っています。あれだけ勧められたのに、わたしはまだ
祝祭的な殺人場面がある『浪花鑑』を観ぬままです。これからも怖くて観られないで
しょう。きっと凄絶でもなく美しくもない〈殺し場〉を想像してしまうので、無理な
のです。

あなたが殺されるところを脳裏に浮かべたくはありません。

あなたが二十七、わたしが十九の夏です。
出会ったのは情報誌や関西のガイドブックを発行している出版社で、あなたはそこ
に出入りしているフリーランスのライターでした。ほぼ専属という立場でしたが。
わたしの仕事は資料整理や使い走りといった軽作業。母の知人が勤めている会社だ
ったので、夏休みのアルバイト先として紹介してもらったのです。時給は安かったけ
れど、みんな優しく接してくれたし、世間知らずの娘にすれば色々と珍しい経験がで
きて、出社するのが楽しかった。
しばらくは急ぎのコピーを頼まれるぐらいで、顔を合わせたら挨拶《あいさつ》をするというだ

けの間柄でした。第一印象は、とても落ち着いた大人っぽい人。身だしなみのよさと柔らかな話しぶりに好感を持ちましたが、正直なところ、特別な興味や関心は抱かず。三十歳以上は自分とは縁のない男性だと思っていて……あなたは、とても二十七歳には見えませんでした。親しくなってよほどたってから告白したとおり、若く見えているが案外三十代後半ぐらいでは、と見当をつけていたほどですから。「ぼく、そんなに老け顔か？」と、さすがにショックを受けていましたね。ごめんなさい。

印象が一変したのは、八月も終わり頃、休日に友人の家に遊びに行った帰りのことです。駅前でジャグリングの大道芸を披露している人を見て、啞然《あぜん》としました。薄くドーランを塗ってお化粧をしていましたが、ひと目であなただと知れました。まさか、と見直してもやはりそう。四本のクラブを自在に操る妙技に感心し、演技が終わった時は十人ばかりの見物人とともに拍手を送ったものです。そこで目が合って、「あぁ」と照れ笑いした顔が忘れられません。まるで悪さをしているところを目撃された子供みたいでした。

――趣味やで、趣味。おひねりをくれる人もたまにいてるけど、副業とはちゃう。

――みんなには内緒ですか？

――ンなことあらへん。これまで知ってる人に会わんかっただけや。ミナミでやってたりもするのに、気がついてくれんもんや。せやけど、いざ会うとどきっとするなぁ。

道具を片づけたあなたと、近くの喫茶店に入って一時間ほどおしゃべりしました。あなたの本当の年齢を聞いて、お兄さんでもおかしくないぐらいしか離れていないのか、と驚きつつ、少しうれしかったんですよ。一人っ子のわたしは、兄というものに仄《ほの》かな憧《あこが》れがあったからです。

夏が去り、アルバイト期間が終了してからも、二日ほど手伝いにきてくれないか、とお声が掛かることがあって、わたしとその会社のつながりは保たれ、あなたと会う機会も途切れませんでした。大道芸の趣味について周囲に話さなかったため二人だけの秘密を共有することになり、親密さが醸成されはしました。でも、それだけのこと。映画やコンサートに誘われたこともなく、たまにお茶を飲みに行ったぐらい。わたしにとってあなたは、せいぜい年上の男友だちというところだったでしょう。

大学院に進んだわたしは、下訳の手際のよさを教授に認められて、単独の仕事を回してもらえるようになっていました。勉強が面白く、翻訳で充分なお小遣いを稼ぎ、生まれて初めて恋人と呼べるような男性もできて幸せでした。父が本社転勤で東京に戻ることになった時、「わたしは大阪に残る」と言ったのは当然です。翻訳家になりたいと希望するようになっていたので、いずれは両親を追って出版社の集まった東京に行くのだろう、と思いつつ、大阪に根が生えかけている気もしました。大阪贔屓《びいき》の教授が「東京なんか行くな。芸能界を目指すんやあるまいし、こっちにおっても筆の仕事はできる」と言うのに影響されたせいもあるでしょう。

恋人とは交際一年で別れ、修士課程を了《お》えても大阪から出ませんでした。友だちは言うまでもなく、行きつけの飲食店や美容院を見つけるのにも多大の苦労をするわたしにしてみれば、馴染《なじ》んだ土地を離れるのは気の重いことだったのです。子供時代は父の転勤に抗《あらが》うことができず、泣く泣く引っ越しを繰り返しました。そんな記憶があるため、そう簡単には動くまい、という心境でもあったし——大阪にはあなたがいましたから。

兄に似た何か。そんな存在でした。あなたがわたしのことをどう見ていたのか、それはよく判りません。おそらく妹に似た何かだったのではないでしょうか。兄弟姉妹がおらず、両親も早くに亡くしたあなたにとって、わたしがそのような存在であったことを祈ります。

ご縁があったのは確かでしょう。翻訳だけではとても生活していけなかったわたしは、外資系の保険会社で事務の仕事に就き、収入が安定することを見越して三ブロックだけ離れたこのマンションに移りました。示し合わせたわけでもないのに、そこにあなたも引っ越してくるとは。

——奇遇やね。

——縁ですよ。

あなたに恋人はいないようだったのに、やはりデートのお誘いはなく、それがわたしを安堵《あんど》させました。週に幾度かエレベーターで一緒になったり、エントランスや近所の店で顔を合わせたりして、挨拶をする。たまには短い立ち話。近くの喫茶店に入ったことが二度。

その二度目がなければよかった。あったとしてもお茶を飲みながら雑談するだけで、わたしがあんな相談をしなければよかった。後悔しても取り返しがつきません。

勤め先の上司は立派な方で、先輩や同僚にも恵まれ、与えられる仕事や待遇にも満足していたのですが、好事魔多しということでしょうか、出入り業者に常軌を逸した人がいました。華やかさの欠片《かけら》もなければ愛想もよくないわたしのどこに惹《ひ》かれたのか、会社帰りにいきなり路上で求愛され、拒んでもしつこく付き纏《まと》われるようになります。やむなく上司に話して追い払ってもらうと、今度は尾行で突き止められたマンション近辺に出没するようになる。警察に駈《か》け込まなくてはならないほどの事態でもないので、よけいに困ってしまいました。重ねて上司に相談するのもためらわれ、自宅近くで起きていることだから、とついあなたに。

あなたは義憤を露《あら》わに騎士のごとくいきり立ったりはせず、ただ「それはあかんな」と静かに言いました。「何かあったらぼくを呼びや」とも。実際にそこまで頼っていいものかと思いつつも心強く、千人万人の味方を得た思いでした。

そしてある日、わたしのメールボックスを抉《こ》じ開けている不審な男を見つけ、毅然《きぜん》と咎《とが》めたのですね。男は憎々しげな表情で逃げるように去ったけれど、後日に同じようなことがあった時は凶暴な牙《きば》を剝《む》いた。口論となって、自分の理非を知りながら、持ち歩いていたナイフであなたの腹部を刺した。

残業から帰ってみるとマンション中が大騒ぎになっていて、わたしは茫然自失《ぼうぜんじしつ》し、われに返って病院に急ぎました。しかし、もうあなたの顔は白い布で覆われていて、搬送された時にはすでに息がなかったと聞かされます。悪夢なら覚めて、と冷たい水で顔を洗い、周囲を見渡して現実へ戻る入口を探し求めましたが、何もかもが丸ごと本当のことだと知ってようやく泣きました。

どう考えても、悪いのは刺した男です。

その次に悪いのはわたしです。

団七を描いた額から視線を逸《そ》らし、絵馬堂を出たわたしは、相合坂《あいあいざか》の立て札が立つ傍らの石段を西へと下ります。少し下りると二手に分かれるのですが、上ってくると途中で合流することになるため、この名称がついたのですね。明治後期にできたという新しいもので、またの名は縁結びの坂。絵馬堂の反対側には悪縁を絶つ坂があって、用意のいいことです。こちらは、かつて三つと半分曲がった形をしていたため、離縁状の三行半《みくだりはん》にからめて縁切り坂なる俗称がついたということでした。

短期のアルバイトをした時、一度だけあなたと取材に出ましたね。急に決まった〈大阪坂道散歩〉という特集記事のお手伝いをするために。いったい何を手伝ったのやら忘却の彼方《かなた》ですが、あなたにくっついて半日を過ごしたのは確かです。そして、足が棒になるほど歩き疲れたせいもあって、先ほどの絵馬堂で長すぎる休憩をとったのでした。

相合坂を下りきると、生玉《いくたま》さん——生國魂《いくくにたま》神社を目指して南へと歩き、千日前《せんにちまえ》通まで出ます。高台の上町《うえまち》台地から西へ下る大きな坂の中ほどです。ここをまっすぐ南へ渡れば真言坂《しんごんざか》。その先がすぐ生玉さんの北門だというのに、ちょうど阪神《はんしん》高速道路の入口に当たっているため信号がなく、迂回《うかい》をせねばなりません。いったん西へ下り、歩道橋を渡ったところが生玉さんに続く北門坂《きたもんざか》のたもと。逆S字にカーブした坂が斜めに伸びていて、上り切ると真言坂と出会います。どう通っても上ったり下ったりしなくてはならないようになっているわけで、この散歩コースはとてもいい運動になるわけです。

千日前通、北門坂、真言坂は、逆S字を描く長い斜辺を持つ直角三角形を形成し、幹線道路である千日前通も大きく傾斜していますから、どの坂を上りつめても下りつめても、すぐ別の坂にぶつかります。さして珍しい地形でもありませんが、このあたりをぐるぐる回っていたら平らな地面の感触を忘れてしまいそう。たいていそうするように今日も北門坂を選ぶことなく、千日前通を上って東に引き返し、次の角で南に折れて真言坂をたどります。雑誌の取材で歩いた時は今とは反対に、生玉さんからここを下って高津さんへ向かいましたね。坂の下には、〈真言坂〉の碑。こんなに短くて何でもない坂に碑を建てるとは大袈裟《おおげさ》な、と思う人がいそうです。

あなたが教えてくれた天王寺《てんのうじ》七坂、もちろんちゃんと言えますよ。一心寺《いっしんじ》さんの横、四天王寺さんから通天閣《つうてんかく》の方へ下っていくのが逢坂《おうさか》、そこから北に向かって順に天神《てんじん》坂《ざか》、清水坂《きよみずざか》、愛染坂《あいぜんざか》、口縄坂《くちなわざか》、源聖寺坂《げんしょうじざか》、そして真言坂。ほかの六つの坂が東西方向なのに、真言坂だけは南北方向で、しかもごく短くて仲間はずれの観があります。また、ここだけは四つのマンションの灰色の壁に囲まれているだけという風情のなさで突出しており、七坂の一つとして指を折るのは分不相応の過大な扱いではないか、と口にしたら、あなたは待ちかまえていたように携えていた資料を見せてくれました。

——これでも？　京都の清水さんの参道やないで。

一つは『浪花百景《なにわひゃっけい》』、もう一つは『摂津名所図会大成《せっつめいしょずえたいせい》』から抜き出した二葉の古い図版でした。前者のそれの中央には、幅が五十メートルもあろうかという大路から石垣を備えた高台に伸びる石段が描かれています。道の両側には商家があり、高台の上には枝ぶりのいい松と大きな石灯籠《どうろう》、そして寺社らしきものが見える。後者はそれを斜め上方から鳥瞰《ちょうかん》した図で、やはり描かれている石段は巨大なままでした。

——江戸時代の真言坂や。誇張がしてあって、今とはだいぶ地形も違うみたいやけど、まぎれもなくここ。立派な坂としか言いようがないやろ。

失われ、見られなくなったことを惜しまずにはいられない風景でした。さらにあなたは言います。

——当時、生玉十坊と呼ばれるお寺のうちの六つがこの坂を取り囲むように建ってた。そのどれもが真言宗のお寺やったんで、真言坂の名がついたんやそうや。ここらのマンションがその跡やな。

六坊は明治の廃仏毀釈《はいぶつきしゃく》に遭って打ち毀《こわ》されたと聞いて、無惨な思いがしました。往時のこの坂を上り下りすれば、右から左から読経《どきょう》の声が流れてきたのかもしれません。

——京都に比べて変わりすぎですよ、大阪は。何もかもなくしてるじゃないですか。

——面目ない。せやけど、忘れた時がほんまになくなる時なんと違うかな。形は消えても、覚えてたら残ってるとも言えるで。大事なもんを忘れてしもたらあかん。

わたしは、あなたを少しだけからかってみたくなりました。さっき源聖寺坂を上って生玉さんに立ち寄り、ここまで下ってくる途中、気まずい感じがしたことを打ち明けます。

——ご休憩料金を書いた派手な看板のホテルがいっぱい。男の人と歩くのが恥ずかしいところも通りました。どうして寺町にあんなものが堂々と並んでいるんですか？　すごく不似合い。

あなたはびくともせず、飄々《ひょうひょう》と答えてくれましたね。

——宗教施設と色っぽいモンは、えてして背中合わせになったりするんや。オランダの飾り窓って聞いたこと、ある？　それぐらい知ってる、か。世界地理にくわしいて結構。あれなんかも十四世紀に建てられたアムステルダム最古の教会と同居してるんやで。売春地区やなんて……。

そこで声を小さくしてくれました。

——世俗の極みと思うやろうけど、本質的には非日常的な空間やろ。そこは教会やお寺と一緒で、見知らぬ人間が非日常的な体験をするため行き来する聖なる空間と解釈できるんやな。

本当かしら、という表情を作ってみせると、あなたはさらに補足を。

——ここら、さっきの図版を見たら江戸時代はまごうかたなき杜《もり》の中の宗教空間みたいやったけど、それだけやない。男女が密会する施設というのは昔から需要があって、ちゃんとそれ用のお茶屋さんもこっそり建ってたんや。大坂が舞台の時代小説を読んでみい。たまに出てくるわ。その伝統が現在に伝わっているんやから、いわばゲニウス・ロキ――地霊の働きと思うて納得して。

そんなあなたの解説を思い出しながら、石畳が敷かれた真言坂を上ります。マンションの谷間を行くよう。右も左も自転車置き場で、いくら耳を澄ませたところで読経の残響が聞こえるはずもなく、それを偲《しの》ぶのもはなはだ困難です。それでも「忘れてしもたらあかん」とあなたは言うのでしょう。

やがて正面に生玉さんの北門。石段を上り、朱塗りの鳥居をくぐれば境内で、そこは別天地です。誰もいません。

知らずに迷い込んだのなら、一瞬、緑に包まれた閑寂な公園かと思うことでしょう。芝生の中に石畳の道が延びて、その片側には十ばかりベンチがほとんど隙間なく並んでいます。木立の中には遊歩道が。しかし、南側の生國魂神社本殿に続く鳥居や背の高い石灯籠が目に留まり、ここが神域であることが判ります。

石畳の道を右手に曲がり、人のいないベンチの傍らを過ぎると、やがて左手に水の気配が。弁財天を祀《まつ》った精鎮社《せいちんしゃ》で、社前の池に鯉が泳ぎ、左に積み上げられた滝組の間からせせらぎが流れ落ちています。そして行く手正面には、四つの鳥居が整然と横一列に並んでいるのです。

――ここから見て一番奥、右端にあるのが浄瑠璃《じょうるり》神社、そこから左へ順に家造祖《やづくりみおや》神社、鞴《ふいご》神社、城方向八幡宮《きたむきはちまんぐう》。

あなたは資料も見ずに言いました。

――ここはお気に入りの場所なんで、何べんもきてるうちに覚えたんや。なかなか面白い眺めやろ。まるでラーメン横丁か古書店街みたいに神さんが並んでいる。しかも、どの佇《たたず》まいも美しい。さすがは難波大社《なにわのおおやしろ》と呼ばれる生玉さんだけある。

生國魂神社の中は神社だらけです。ほかにも皇大神宮《こうたいじんぐう》、住吉《すみよし》神社、天満宮、鴫野《しぎの》神社などなど。はっきりとした願い事があってお参りにきた人は、どこを拝めばいいのか戸惑いそうです。

いつもどこか一社を選んでお参りするので、今日は奥の浄瑠璃神社で手を合わせました。近松門左衛門《ちかまつもんざえもん》を始めとする文楽関係の御霊《ごりょう》をお祀《まつ》りした神社で、芸能上達の神様なのでわたしには関係がないのですけれども。

それからきた道を戻り、中ほどのベンチに腰を降ろしてハンカチを取り出し、額にわずかに滲《にじ》んだ汗を拭《ふ》きます。今日は予報で聞いていたより気温が高いようで、もう初夏が近いのを感じずにいられません。

境内には神社以外にも松尾芭蕉の句碑や井原西鶴《いはらさいかく》の坐像《ざぞう》などもあります。像が鎮座しているのは南坊があった跡で、そこで西鶴は矢数俳諧《やかずはいかい》のパフォーマンスを演じ、一昼夜で四千句を吟じたのだとか。上方における落語の祖、米沢彦八《よねざわひこはち》が興行を打ったことを記念した碑もあります。

それらもあなたから聞いた話ですが、先般、遅蒔《おそま》きながら『春琴抄《しゅんきんしょう》』を読んだら、その冒頭で谷崎潤一郎《たにざきじゅんいちろう》は、夕陽に炙《あぶ》られる鵙屋《もずや》の春琴と佐助《さすけ》の奥津城《おくつき》を克明に描いていて、場所はこの生玉さん下の寺院になっていたので、たちまち小説の世界に引き込まれたものです。

地図を手にした若いカップルが、境内をひと巡りして北門から出ていきました。また人気《ひとけ》がなくなり、そろそろかな、と思いながら本殿がある方を見やったら、ちょうど誰かが石段を下りてくるところです。わたしはスカートの皺《しわ》を直して顎《あご》を引き、その姿が木立の向こうから現われるのを待ちました。

半袖《はんそで》の青いシャツの上にポケットがいくつもついたサファリベスト、シルエットがきれいな象牙《ぞうげ》色のタックパンツ。今日は、取材で忙しく飛び回っていた時の出《い》で立ちです。短めに刈った頭髪は、いつも変わることがありません。

目が合ったところで、いつものようにあなたから挨拶《あいさつ》してくれます。

「こんにちは」

わたしは軽く頭を下げるだけです。

「ええ陽気やね。ぼちぼち日傘が要るんやないか？　すぐ夏がきそうや」

これもいつもどおり、あらかじめベンチの左寄りに座っているわたしの右側に腰掛けました。そして、柔和な笑顔のまま空を見上げます。高い鼻と顎の張り出し具合のせいか、あなたの横顔は精悍《せいかん》でした。

「今年の夏は、例年より暑くなるそうです」

わたしが言うと、ふうと溜《た》め息をつく。

「猛暑か。しんどいけど、まあ、それも夏らしいてええんやないかな。冷夏は農作物にもようないし」

地球温暖化という言葉を知っていますか、と尋ねて反応をみてみたくなります。そんな危機が叫ばれるようになったのはあなたが逝った後ですから、怪訝《けげん》な顔をするでしょうか？　それしきは既知のことで滑らかに会話が嚙《か》み合うのでしょうか？　怖くて確かめられません。好奇心に負けて見極めようとしたら、取り返しがつかないことになりそうです。

あなたの命を奪った男は逃走をはかり、逮捕される際に激しく抵抗して警察官二人に重傷を負わせたこと、裁判で懲役十二年を求刑されたこと、拘置所で自殺をはかった傷が原因となって死んだこと。はたまた、あなたのいたマンションの外壁の塗り替えが先週末に完了したこと。それらを承知しているのかどうか、何度もこうして会っているのに、依然として判らないままです。

「梅雨にはしっかり雨が降って、夏は当たり前に暑いのがええわ」

あなたがお天気の話ばかりするのは、わたしが抱えた謎を謎のままにしたいからなのでしょうか？　ただ新しい体験がないので話題が見つからないからでしょうか？　秘密を解く手掛かりは与えてくれないのですね。

幽明界《ゆうめいさかい》を異《こと》にしているはずのあなたが何故わたしにかまってくれるのか、何故ここを逢遇《ほうぐう》の場にしたのか、わたしが望んだからこうなったのか、あなたが望むからなのか、謎は尽きません。

はっきりしているのは、これがもう九年も続いていることだけ。今では慣れ親しんだ日常そのものです。

「元気？　仕事は順調かな？」

いつものように訊《き》かれました。

「はい、元気にしています。仕事も何とか」

I'll leave if you prefer は、最初に考えたとおりの訳文でいいのだ、と気づきました。あれは、ジェイムズの未練と弱さを示す言葉だと解釈できます。アドバイスを受けたわけでもないのに、あなたと会っただけで問題が氷解しました。

「そらよかった。しっかりやってるんや」

ここにくれば必ず会えるわけではありません。あなたは二日続けてきてくれることもあれば、間が十日空くこともあります。どんな法則が働いているのかは見当もつきませんが、会いたくてならないときは姿を見せてくれる。それが心の支えとなって、どれだけ救われたことでしょうか。

悩みや迷いを相談し、助言や慰めを求めたことはありませんが、会ってとりとめのないことを話しているうちに、徐々に気持ちが安らいでいきます。だから、不用意な言動で事態を変え、あなたがいなくなることが恐ろしかったのです。

わたしたちは黙ったまま、時を過ごしました。お互いに何も話さなくてもかまいはしません。中年の夫婦や老人がベンチの前を通っていきますが、彼らの目に映っているのはわたしだけです。だから、あなたに話しかけている時に誰かが近づいてくれば、見知らぬ人から奇異に思われぬよう慌てて口を噤《つぐ》みます。

二人が黙ると、都会の潮騒《しおさい》とも言うべき車の音がやけに遠く聞こえるだけになり、ゆっくりと時間が流れました。あなたが現われて十分ほどたったでしょうか。

「ほな、身体に気をつけて。また」

短い挨拶を告げ、きた方角に帰っていきます。その背中が見えなくなってから腰を上げ、反対側の北門に向かうのが常なのですが、言いそびれたことがあったわたしは、逡巡《しゅんじゅん》の末に初めてあなたを追いました。

しかし、木立の中の石段を駆《か》け上がってみると、すでにその姿はありません。煙のごとく消えてしまっていて、わたしは立ち尽くすよりありませんでした。ここにしかない生國魂造りと呼ばれる複雑で壮麗な屋根の社殿に向き直り、あの人はどこに行ったのですか、と問うても答えが返ってくるはずもなく、大事なことを伝えそこねたことを後悔します。境内から出ていく間もなかったと思うのですが。

夏祭りの際には、巨大な茅《ち》の輪が括《くく》りつけられる石の大鳥居のところまで行き、表参道や左右の道を見ても求める人はいません。

わたしは引き返して、北門から真言坂を下って家路に就きました。


難所を乗り越えてしまうと、その後はすらすらと快調に進み、夜半には脱稿してしまえそうです。ようやくゴールが見えてきて、ほっとしました。

十時になったら一服して、紅茶を飲みます。仕事のことを頭から払うと、浮かんできたのはあなたのこと。そして、今度お目にかかる時は意を決してありのままを話そう。あらためて誓うのでした。

渡し守は考えます。

異なる言葉がまったく同じ意味を持つことはないのですから、完全無欠の翻訳はあり得ず、最善を目標とするしかありません。これが唯一の正解という訳文は、このティーカップのようには存在しない。

ある、ない。

それを分かつものは何なのでしょう？　自明のようでいて、わたしには説明できません。生玉さんで会うあなたは存在しているのか、いないのか?

——形は消えても、覚えてたら残ってるとも言えるで。

そういうことなのでしょうか? もしそうならば、あなたはわたしの想いによって存在させられていることになります。わたしに関わったせいで、あなたの人生は奪われてしまいました。それに対する罪悪感があなたを冥府《めいふ》から呼び出しているのだとしたら、なお罪深くて、いっそ陰惨です。すべては自分の心が見せている幻だ、と自らに言い聞かせても、納得にはほど遠くて。

机の上の電話が鳴ります。この時間ですから、あの人でしょう。


それから一週間、わたしは生玉さんには足を踏み入れませんでした。真言坂を上ったところですぐ右に曲がり、北門坂を下りて戻るようにしたのです。

東京の両親宅に長居したり、旅行に出たりして、一週間ほど大阪を離れる機会が稀《まれ》にありますが、その後で生玉さんに行けば必ずあなたはきてくれました。だから一週間ぶりの今日は、あなたに会えるはず。

「生玉さんか。子供の時に、いっぺん夏祭りにきたことがあるな。親父に肩車されて、金神輿《みこし》、銀神輿が練り出すところを見たわ。綿菓子を買《こ》うてもろたら大喜びしてた頃や。うわ、もう三十年前か」

真言坂を上って北門から境内に入ったところで、彼は驚いた声をあげます。

「あれ、こんなとこがあったんや。全然知らんかった。まるで生玉さんの奥座敷やね」

わたしが生玉さんに誘ったら、「なんで?」と訊かれましたが、理由はちゃんと用意してあります。家造祖神社の前に導くと、説明するまでもなく察したようです。

「ああ、名前からして普請造作の神さんやな。これを拝みなさい、ということか。絹ちゃん、信心深いんやね」

建設会社の設計部に勤める彼は、さっそくお賽銭《さいせん》を投じて拍手《かしわで》を打ちました。わたしも丁寧に拝みます。この人のお仕事がうまくいきますように、現場で怪我をすることがありませぬように。

参拝してから、今度はベンチへ。「日傘もなしに、こんな日向《ひなた》でええの?」と言いながら、彼も座りました。汗かきなので顔中をハンカチで拭《ぬぐ》います。

「疲れたん?」

歩きだしたばかりなので、休憩するのは早すぎると思ったようです。

「ううん、大丈夫。疲れてはいないけれど、ちょっと。ここに散歩にきて、ぼーっとするのが好きなの」

「それで案内してくれたんか。うん、こんなところが近くにあったらええな」

「いいでしょう?」

「引っ越したら、こられへんようになるけど」

「向こうにもいいところがあるんじゃないかな。公園があった」

「児童公園やから、やかましいよ。こんな都会のオアシスやない」

来月、わたしはこの人と結婚して東京に行きます。初婚同士です。友だちの紹介で知り合い、一年かけて気持ちを通わせ、生涯を共にしようと決めたところで彼が本社への転勤を命じられました。恬淡《てんたん》として「ぼくは異動せえへんと思てたのに。まあ、ええか。きみの故郷やから」と言ってくれましたが、わたしは素直に喜べなかった。あなたのことがあった直後、独り暮らしを心配した両親から口うるさく「戻ってこい」と言われても帰らなかったのに。あなたがこっちにいるのに、と抵抗を感じたのです。

でも、結論は出ていました。わたしは、彼とともに大阪を離れます。

言い出しかねて遅くなりましたが、あなたに報告しなくてはなりません。今日がその日です。彼はもう本社に籍を移していて、やり残した仕事がすめば、すぐに東京に戻ります。日中に空いた時間が作れるのは、今日だけです。

彼が顔をしかめ、右手を両目に当てました。

「コンタクトに埃《ほこり》が付いた」

しきりに目を擦《こす》ります。あまり乱暴にしないように、と言いかけた時、あなたがくる気配がしました。

真っ白い帽子、真っ白いシャツとサマージャケットに、真っ白いスラックス。全身に陽光を浴びて、眩《まぶ》しいばかりです。

一度だけ見たことがある姿です。この恰好《かっこう》で編集部に現われて、みんなにからかわれていましたね。

——えらいまた地味な恰好して、どないした。葬式の帰りか？

——親父の形見です。ありがたいことにサイズがぴったり。この季節、たまに着て虫干しするんですよ。

お父様は伊達男《だておとこ》だったのでしょうね。そして、あなたはその血を受け継いでいます。見違えるほど素敵でした。あの時も、今も。

こちらに歩いてくるあなたを、わたしは立ち上がって迎えます。会釈して、こちらから声をかけました。

「来月の二十日、この人と結婚します。新居は東京です」

あなたは笑って祝福してくれます。帽子や服に反射した光が、その顔を白く照らしていました。「ぼく、そんなに老け顔か？」と言わせてしまったことがありましたが、もう違います。わたしは中年と呼ばれる齢《とし》になったのに、あなたは青年のようで、哀しいまでに若い。

「それはよかった。おめでとう」

また一礼すると、目を擦りながら彼も立って、わたしに倣って会釈しました。ああ、勘違いしている。わたしが生玉さんの本殿に語りかけていると思っているのでしょう。

「安心したわ。いつまでもお幸せに」

「ありがとうございます。大変お世話になりました」

深々と頭を下げてから顔を上げると、あなたは――

「ぼく、行くわな」

いつもと違って、北門に向かっていきます。あなたが行ってしまうことを望んではいない、と伝えたかったけれど、言葉が出ません。

「今の人、どなた？」

目を瞬《しばた》きながら彼が訊《き》いてくるので、はっとしました。彼にはあなたが見えていたのです。そんなことを期待していなかったのに、大切なものを一緒に見てくれた。

あなたは最後にとてもうれしいことを教えてくれました。

――わたしは正しい人を選んだのですね。

「どないしたんや。目に埃が？」

目頭が熱くて、灼《や》けるようです。

あなたはもう見えません。

真言坂を下りながら、しだいに消えていくのでしょう。

天神坂《てんじんざか》
天神坂

晩秋の空は夕刻からかき曇り、小糠雨《こぬかあめ》となる。

細かな雨粒が霧のようにしぶく。

コンクリートとアスファルトで固められた街が、ゆっくりと濡《ぬ》れそぼり――。

街灯や窓々に灯《とも》った明かりは滲《にじ》み、人々が家路をたどる足は自然と速まる。

日中も気温が上がらず、暮れてからは肌寒さがまして、冬がすぐそこに迫ったことを告げている。

四天王寺《してんのうじ》の五重塔は紗《しゃ》が掛かったようになって霞《かす》み、境内には人気《ひとけ》がない。

谷町《たにまち》筋を行き交う車は心持ちスピードを控えている。わずかな不注意がとんでもなく面倒な事態を招く。そんな気配が、ハンドルを握る者たちに緊張を強いているせいだろう。

雨雲の高さから鳥瞰《ちょうかん》すると、人家が疎《まば》らな谷町筋の西側に黒い帯が南北に走っている。

敷地を接して連なる寺社。この大きな都市の中心には緑地帯がある。谷町筋から松屋町《まつやまち》筋にかけて地面は様々な角度で落ち込み、幾本かの坂道が二つの筋を結ぶ。

かつては坂の下まで海がきていた。そんな遠い記憶を、この都市は忘れている。四天王寺の西門前から延びた国道25号線は、逢坂《おうさか》を経て新世界《しんせかい》へと続く。その南側は一心寺《いっしんじ》で、通天閣を間近に望む墓地にも囁《ささや》くように雨が降る。しとしと、と。筋向かいには一心寺と同じく浄土宗の天暁院《てんぎょういん》。その奥には森に包まれた安居《やすい》天満宮。大坂の夏の陣で勝機のない大坂方についた武将、真田幸村《さなだゆきむら》こと真田源治郎信繁《げんじろうのぶしげ》がついに討ち取られた終焉《しゅうえん》の地である。

鋭角的な形をした真田幸村戦死跡之碑と片膝《かたひざ》を立てた幸村公の坐像《ざぞう》もまた、雨に洗われている。霧雨は木々の葉を濡らすばかりで、音もない。

境内を北側へ抜けて石段を下ると石畳を敷いた坂道になっており、名を天神坂《てんじんざか》という。

坂道を上るほどにゆるやかに左手へカーブしているため、坂下からは坂上がかろうじて見えず、上るほどに勾配《こうばい》がきつくなる。

昼下がりには老人グループが絵筆を執って坂道を写生していた。少年たちが度胸を競い、喚声を放ちながら自転車で駆け下りていた。ときには自動車が上り下りを。

まだ八時を過ぎたばかりだというのに、今は通る人も車も絶え、ひっそりと静まり返っている。

雨は視界をぼやけさせるだけで、石畳の上で弾《はじ》けることもなく、舗道をただ湿らせていく。

それでも微《かす》かに聞こえる。

ちょろちょろという水音が。

名水として知られた清水を再現したものが、路傍に設《しつら》えられているのだ。

坂道は、安居天神の石垣と曹洞宗《そうとう》・興禅寺《こうぜんじ》の白壁に挟まれており、上っていくと、あるいは下っていくと両側は民家になる。生活音は聞こえてこないが、窓から洩《も》れくる光はほんのりと人の温《ぬく》もりを宿す。

奇妙なほど秘めやかな雨。

世界を眠らせるように降る雨。

その底に横たわる天神坂に、幽邃《ゆうすい》な空気が漂う。

変化のある傾斜を持つ風景が、音のない調べを奏でる。

やがて。

坂を上りつめたあたりに、二つの影が寄り添って現われる。

左が年嵩《としかさ》の男、右がまだ若い女。歩調を揃え、無言のままゆっくりと下ってくる。

傘を差していない。男は上等のオータムコートを着ていたが、女の方は晩夏を思わせる出《い》で立ちだ。七分《しちぶ》袖《そで》の黄色いワンピース。男はショルダーバッグを右肩に、女はハンドバッグを左腕に掛けている。

坂の中ほどまできたところで男が足を止め、右手を指差す。すぐ行き止まりになる路地があり、奥まった家の軒先に白い提灯《ちょうちん》がぶら下がっている。

連れの背中を軽く押して男が導くと、女はいったん素直に従う。それなのに、提灯の近くまできたところで逡巡《しゅんじゅん》の色を表わしたものだから、男は再び背中を押さなくてはならない。

「でも、わたしは……」

「大丈夫」

白い提灯には墨痕《ぼっこん》も鮮やかに。

〈割烹《かっぽう》　安居〉

間口の狭い二階家は、それがぶら下がっていなければ料理屋には見えず、通りすがりにふらりと立ち寄る客がいるとも思えない。

門も前庭もなく、路地に面した格子戸を開くとたちまち店内だ。

暗い坂道から入っていっても、なお薄暗く感じられる。渋紙色をした弱々しい照明の下、光沢のある石を敷きつめた床がぼんやりと浮かぶ。

木製のカウンターが玄関に対して横向きにあり、背もたれの高い椅子が五脚並ぶだけ。テーブル席はない。

「いらっしゃいませ」

カウンターの中から、割烹着姿の亭主が張りのある声で言う。

「すみませんね。少し遅れてしまって」

男はコートを脱ぎ、慣れた様子で玄関脇の洋服掛けに吊《つ》るす。

「ほかにお客様はいらっしゃいませんよって、ごゆっくりなさってください」

勧められて、女が椅子に腰を降ろす。

男が奥に回りこんだのは、女の髪型が非対称で、顔の右半分にショートヘアの前髪がかぶさっているためだ。左に座らなければ、表情を見られない。

そのローズブラウンに染めた髪には枝毛が目立ち、しばらく手入れがなされていないためか艶《つや》が乏しい。

頬のこけた顔は蒼《あお》く、伏せた切れ長の目は憂色をたたえて、生まれた時から笑ったことがないかのよう。

男はそんな様子にかまわず、亭主に気安い態度で接する。

「いつも貸切で申し訳ありませんね」

きれいに撫《な》でつけたオールバックの髪に手櫛《てぐし》を入れながら言うと、亭主は「いえいえ」と愛想よく応じる。

齢《とし》の頃は六十代の後半か。無帽で、白いものが目立つ二枚刈りの頭にきりりと鉢巻を締めている。への字形をした太い眉《まゆ》、肉厚の唇は男性的で、目の輝きも強い。経験豊かで腕に自信のある職人の目だ。

「あ、お傘は？」

「いや、差さずにきました」

「どうぞ、これを」

すかさず乾いた手拭《てぬぐい》が出される。男は「ああ、どうも」と受け取って使う。女は黙って会釈する。少しも濡れていない。

「おまかせでよろしいそうですけど——何か苦手なものはおますか？」

男の返事は承知しているらしく、亭主は女にだけ訊《き》く。

「……特にありません」

わずかの間を置いて答えてから、遠慮がちな視線を店内に投げる。

褪色《たいしょく》した鶯色《うぐいすいろ》に映るのだが、壁紙がどんな色をしているのかは暗いために判然としない。あちらとこちらに小振りの額が二つ。可憐《かれん》な草花を描いた絵が収まっている。

そして、一輪挿しに黄色っぽい花。

カウンターの端には素焼きの壺《つぼ》が鎮座していて、装飾はそれだけだ。かといって殺風景なわけではなく、侘《わ》びた空間に美しい調和がある。

「お飲み物はどないしましょ？」

おしぼりを出しながら主人が尋ねると、男は「そうだな」と顎《あご》を掻《か》く。

「最初から日本酒がいいか。こちらもいける口ですから」

女は何か言いたそうにするが言葉には出さず、男は亭主が酒の品書を取ろうとするのを止める。

「料理に合う辛口の酒を、燗《かん》で」

「へ」

亭主が支度にかかると、女はハンドバッグの口を開けて、男からもらった名刺を取り出し、目の高さに掲げる。

濱地《はまじ》健三郎《けんざぶろう》。

肩書きは探偵。

「私立探偵には、いい記憶がありません」

言われた男——濱地は頷《うなず》く。

「ごもっとも。しかし、わたしは不愉快な報告書を提出して、あなたを傷つけたりしませんので、ご安心ください。ありきたりの探偵ではないのです」

「心霊現象がご専門……でしょ。何かふざけてますね」

女は、少し口調を崩す。名刺を見つめたままだ。

「これは心外だ。ふざけているどころか、いたって真面目ですよ。わたしは、日本でたった一人しかいない特殊な探偵なんです」

「事務所は東京都新宿区《しんじゅく》……。だから、ですか。日本に一人の心霊専門探偵だから、大阪まで出向いていらした？」

「そのとおり」

女は、片頬でふっと笑う。

「信じられません。こんな肩書きは怪しすぎます」

「そのうち信じていただけるでしょう。まだお会いして三十分もたっていないから、理解し合うには時間が足りません」

「さあ、どうでしょうか」

取り澄ました顔になって、女は名刺をしまう。

「だいたい濱地さんは、おいくつなんですか？」

「意外なご質問ですね。年齢を聞けば、わたしの身元を確かめられるんですか？」

「そういうことではなくて……。お見受けしたところ、四十を過ぎていらっしゃるようですが、五十代にも三十になったばかりのようにも見えます。どう言ったらいいのか……何もかも取りとめがなくて、まったく素性が知れません」

「本人が私立探偵だと申していますよ」

「心霊現象がご専門の、ね。そんなん冗談めいています」

「決してあなたをからかってはいません」

「本当ですか？　騙《だま》されるのは真っ平なんです。もう二度と騙されません」

「ええ、そうですね」

雲丹《うに》をのせたオクラ羹《かん》の先付とともに、大振りの備前の徳利《とっくり》が出る。男が箸《はし》を取っても、女は両手を膝《ひざ》の上に置いたままだ。

「どうぞ召し上がれ」

「……わたし、なんで探偵さんと食事をするんでしょう？」

「何の不思議もない、わたしがお誘いしたからです。ここの料理は絶品ですよ」

濱地が雲丹を口に運ぶと、ようやく女も箸を持ち、食したところで小首を傾げる。合点がいかぬ、というように。

その顔を横目で見ながら、亭主は気にするふうもなく手を動かす。

「食べられたことに驚いているんですか？」

「はい」

と答えてまたひと口食べたら、切子の器が空になる。

濱地が女の猪口《ちょこ》に酒を注ぎ、二人は同時に味わう。

「おいしい」

「ええ、奥行きのあるまろやかさで熟成香も素晴らしい。今夜は、美酒と美食を心ゆくまで楽しんでください」

ここでまた女は訝《いぶか》る。

「わたしのことを、どうして『いける口』とおっしゃったんですか？　初対面やのに」

「そこは探偵ですから。調査ずみというわけです」

「あんまり気持ちのええもんやないですね。やっぱり探偵は好きになれません」

煮物椀《わん》が出されると、女は献立に目をやって確かめながら食す。

紅葉鯛《もみじだい》の酒蒸、香茸《こうたけ》、巻き法蓮草《ほうれんそう》、柚子《ゆず》の清汁《すましじる》仕立て。

「さっきから戸惑うことばっかりです。まず第一に……」

「ここの料理がおいしいこと、ですね？」

見透かされて、女は頷く。

「わたしに味わえるはずないやないですか。死んでるんですから」

「でも、あなたは現に食べているし、呑《の》んでもいる。さあさあ、お注《つ》ぎしますよ」

猪口を満たす。

「だいたい、濱地さんにわたしが視えていることが不思議です」

「視えているだけではなく、こうやっておしゃべりもできている。わたしだけがお相手していわけでもありませんよ」

　女は首をすくめるようにして、カウンターの中を見る。亭主はうつむいて皿に造りを盛り合わせているところだ。

「変です。わたし……死んでるのに。わたしを視られるのは、あの人だけのはずやのに」

「生きてるだの死んでるだの、そんなことはどうでもいいじゃないですか。語るに値しない瑣末《さまつ》なことです。あなたはここにいて、おいしいものを召し上がっている。酒と食事を楽しみましょう」

　濱地は諭すように言い、女は溜《た》め息を洩《も》らす。

「いただきます。こんなお料理を目の前にしたら、食べないと損ですから」

「ええ、それでいいんです」

　静かな店内に、消え入りそうな雨音が流れ込んでくる。外にいた時には聞こえなかった音が。

　カウンターに片肘《かたひじ》を突いて、女は話しかける。

「こんなところに、こんなお店があるとは知りませんでした」

　太い眉の亭主が顔を上げる。

「宣伝もせず、地味にやらしてもろてますよって」

返事があったことに勇気を得たかのように、女はさらに言う。

「わたし、このへんでご馳走《ちそう》をいただいたことがあるんですよ。もう十年近く前。齢《とし》がばれますけど、二十歳の誕生日の記念に、亡くなった父と」

「〈上野《うえの》〉さんですか？」

亭主はすぐに反応する。

「はい、そうです。ここと同じように路地に面したお店で、やっぱりカウンターだけでした。八席ほどやったと思います」

「豆飯の〈廣田家《ひろた》〉さんも移っていってしもて、〈上野〉さんはこのあたりで最後の名店でしたな。ご亭主の上野さんが引退なさるというんで、しまいの頃は同業者も含めて日本中からお客さんが集まられて。大賑《おおにぎ》わいで、わたしなんぞは足が向けられませんでした。それが今は、うちだけになってしまいました」

「こちらも名店やと思いますよ。まだ少ししかいただいてませんけど、ほんまにおいしい。お店も落ち着いてて、安らぎます」

「おおきに、ありがとうございます。――娘の二十歳のお祝いに〈上野〉さんでお食事とは、御粋《ごすい》なお父様ですね」

「カッコええ父親でした。母親を早《はよ》うに亡くして、男手一つで育ててくれたんです。けど、わたしを〈上野〉さんに連れて行ったんは、本人が食道楽だったからやと思います。自分が行き付けにしてたわけやありません。『あそこは一見《いちげん》さんではなかなか入れんやろう』って、わざわざ友だちに頼んで予約してもろたんです。『いっぺん行きたかったんや』と喜んでました。こっちは出汁《だし》にされただけです」

女の口数が多くなり、こっそりと濱地は微笑する。

「出汁のはずはないと思います。よろしゅうございました」

「たいそうに言いましたけど、食べに行ったんはお昼です。『予算が足らんから晩はとても無理や』って。平日やったんで仕事を休んで」

女の視線は、天井の近くを彷徨《さまよ》う。

「八月十二日。暑い暑い最中《さなか》で、そこの天神さんの森で蟬がいっぱい鳴いてました。ええ、鳴いてたと思います。『えらい急な坂やな』とか言いながら、父娘二人でとことこ下りてきて、路地の入口で『ああ、ここや！』と大きな声あげて。その時も、こんなふうに献立を書いたもんを出してもらいました。和紙に一枚ずつ毛筆で書いてあるのを。難しい字にはちゃんと振り仮名があって……ああ、ここもそうですね。わたし、それをずっと大事にしもてました。どんなもんを食べたのか、今でも覚えてますよ。最初がすっきりとした柚子香酒。箸初が、衿掛芋《えりかけいも》の子と枝豆餡《ずんだあん》。菱筥《ひしばこ》で出てきたんは、クリームソースがかかった帆立貝酒炒《い》りやら鞘巻海老《さやまきえび》やらアンデス芋やら——」

嘘はついていない、と訴えでもするかのように女は献立を挙げていく。

「お汁は露って書いてありました。朝露の露。鱧《はも》を擂《す》りつぶして蒲鉾《かまぼこ》みたいにしたの……真丈ですか？　あれやら蓴菜《じゅんさい》やらが入ってました。海老の真丈は食べたことがありましたけど、鱧はあの時だけ」

さらに、スモークサーモンと玉目鯛の胡瓜《きゅうり》巻だの鮴《ごり》の時雨《しぐれ》煮だの、梅肉をつけた明石《あかし》の蛸《たこ》の子やら門真《かどま》の新蓮根《れんこん》やら、楽盛の中身を歌うごとく並べる。最後の茶菓は、熨斗《のし》梅と煎茶《せんちゃ》。それを言うまで止まらない。

「よう覚えておいでで。ええもんをお召し上がりになりました」

「あんなご馳走は、後にも先にもありません。器、盛り付け、ご亭主の心配り。どれをとっても最高でした。帰る時にはわたしがお願いして、お店の前で記念写真を撮らせてもろたんですよ。ご亭主にも入っていただいて」

「それはようございました」

丁寧に接しながらも、亭主の手が止まることはない。濱地は割り込むのを控え、手酌で酒を楽しむ。

「このへん、昔は料理屋さんがたくさんあったんやそうですね」

鯛や烏賊《いか》の造りに舌鼓を打ちながら、女はすっかり明るくなった口調で尋ねる。

「はい。名立たる立派なお店がぎょうさんございましたそうで。ここらから月江寺《げっこうじ》さんあたりにかけて〈福屋《ふくや》〉〈西照庵《さいしょうあん》〉やいう料亭がありまして、大袈裟《おおげさ》やなしに食の都・大阪の歴史に残ってます」

「歴史に残る料亭って、すごいですね」

カウンターを挟んで会話が弾む。

「坂を下った下寺町《したでら》には、孔雀《くじやく》が見られるのを売り物にした茶屋もありました。料亭の中でとりわけ有名なんは〈浮瀬《うかむせ》〉でんなぁ。このすぐ北の清水坂《きよみずざか》を上がったところの大阪星光学院《おおさかせいこう》。あのあたりにあったそうで、学校内に碑が建ってます」

「ウカムセ？」

「浮かぶに浅瀬の瀬と書きます。そういう銘のけったいな杯で酒を呑ましたんです。鮑貝《あわび》の穴をふさいでこしらえた大杯《おおさかずき》で、七合半も注げたといいます」

「大きいですね」

「他にも鶉貝《うずら》でできた〈磯瀬〉、夜光貝の〈鳴門《なると》〉、オランダ渡来の貝の〈春風〉。鮑貝には〈君之為《きみのため》〉や〈梅枝《うめがえ》〉てなもんも。奇怪な貝、奇貝の杯で知られてました。料理が結構なんは言うまでもありません。それと、二階座敷からは淡路島《あわじしま》までを見渡せたという眺望ですな。台地の上に建ってましたさかい。江戸時代には絶景やったそうで」

話に聴き入りながらも女の食は進み、温玉をのせた素麵《そうめん》をつるりと平らげてしまう。

「あまりに有名になったんで、京や江戸にも〈浮瀬〉と名乗る料理屋ができたほどです。粋人だけやのうて、文人や墨客ら著名な方々をたくさんもてなしました。江戸時代には、大坂にきたらまずは立ち寄りたいところやったようで、与謝蕪村《よさぶそん》も松尾芭蕉も奇貝の大杯を傾けています。芭蕉が大坂で亡くなった、というのはご存じですか？」

「聞いたこと、あります」

「客死する前に詠んだ『旅に病んで夢は枯野をかけ廻《めぐ》る』を刻んだ碑が、南御堂《みなみみどう》の前に建ってますね。あのあたりの宿で亡くなったわけですが、その数日前には〈浮瀬〉で門人らと句会を催しています」

「芭蕉も名物の大杯で乾杯したんや。ふぅん。大杯って、大坂好きと掛けてあるんですか？」

亭主は、「ほお」と息を吐く。

「どうですやろ。それは新説やと思います。なるほど、洒落《しやれ》言葉で大杯は大坂好き、ですか。こら面白い」

濱地が注いだ酒を「ありがとうございます」と受け、女は探偵に返杯すると、すぐまた亭主を向き直る。

「高級な料亭がいっぱいあったやなんて、このあたり、よっぽど景色がよかったんでしょうね」

「高いビルやら通天閣やらがない時代、大坂で見晴らしがええのは、このあたりだけやったでしょう。景勝に加えて、ここらは水もよかったんです。大坂は水の都といいながら淀川《よどがわ》の水を水屋が売り歩いてたぐらいで、水に恵まれませんでした。たまにええ水の出る井戸があったら、二つ井戸てな地名がついたほどです。けど、天王寺のこの界隈《かいわい》には七名水と称される湧き水がありました。料理屋が集まったんは、そのせいもあるのかもしれません。ええ水がないとお茶も点《た》てられませんよって」

「なるほど」

濱地が、ぼそりと言う。

七つの名水の名前を、亭主は諳《そら》んじている。

金龍《きんりゅう》、有栖《ありす》、増井《ますい》、安井《やすい》、玉手《たまで》、亀井《かめい》、逢坂《おうさか》。

「いくつかの清水は、今も湧いてますよ。この近くには増井清水があります」

大いに語りながらも亭主は手際よく焼物を仕上げ、香ばしく焦げた魳《かます》の塩焼に芥子《からし》割醤油《わりじょうゆ》を添えて出す。

「わたしに何か変わったところはありませんか?」

女は、不意に訊《き》く。

「別に何も」

「そうですか? わたし、生きていない者なんです。一度死んでるんです。おかしなことを言いますけれど」

「はあ、左様で」

動じない亭主に、女の方が当惑する。

「練炭を買い込んで、車の中で……。自ら命を絶ちました。失敗はしていません。ちゃんと死んだはずやのに死ぬ前の姿でうろついてます。つまりわたし、幽霊なんです」

「はあ」

当惑は苛立《いらだ》ちに転じていく。

「こんなことになったのは、この世に未練があったからです。怨《うら》みがあったから迷うてる。化けて出てるんです。信じてませんね。信じられへんのも無理はないと思いますけど、嘘やと思うんやったら、ここ触ってみてくれますか。わたし、脈が全然ないんですよ。さあ、ここ」

白く細い手首をぐいとカウンター越しに突き出すが、亭主はその手を取らず、ただ小さく低頭する。

「嘘やとは申しません。それだけきっぱりとおっしゃるのなら、ほんまでしょう」

「あっさり言わんといてください。適当に合わせてもらわんでも結構です」

女は腕を引っ込めて、男っぽいしぐさで酒を呷《あお》る。

黙って聞いていた濱地が、咳払《せきばら》いをしてから口を開く。

「ご亭主は適当な返事をしているのではありません。この店には色々なお客がやってくるので、生きていない人間ぐらいで驚いたりしないだけです。そして、どんなお客に対しても精一杯に腕をふるった料理を出す。そういう店なんですよ」

からかわれていると感じた女は、きっと探偵をにらむ。

「幽霊以上に変わったお客って、何者ですか？　狐や狸？」

答えるのは亭主だ。

「死んだ方の魂だけやのうて、生きた方の魂も人間の姿でお越しになります。もちろん、こちらから不躾《ぶしつけ》にお尋ねしたりはしませんけど、慣れたら判るもんです。何やしら正体が判らん方もお見えになります」

濱地が食いつく。

「ほお。最近はどんな面白いお客がきました？」

「ちょくちょくいらっしゃるんですが、真田十勇士やとおっしゃる方が昨日も」

女は呆気《あっけ》に取られ、探偵は笑う。

「真田十勇士は、この店に入りきらないでしょう。椅子が五つしかない」

「ですから、いっぺんにいらっしゃるのは五人さんまでです。昨日は、霧隠才蔵《きりがくれさいぞう》、三《み》好清海入道《よしせいかいにゅうどう》、三好伊《い》三入道《さにゅうどう》、穴山小《あなやまこ》助《すけ》、根《ね》津《づ》甚八《じんぱち》というお歴々で、いつもお決まりのお小言をいただきました。『亭主、われらが揃って会食できるように店を広げよ』と」

「真田十勇士が二班に分かれてご来店とはね。しかも、席数が足りないとクレームをつける。これは傑作だな。すると、この椅子に猿飛佐助《さるとびさすけ》が座ることもあるんですね？」

「はい。猿飛様でしたら、半月ほど前にいらして、まさにそのお席にお掛けになりました。あの方は食べっぷりも呑《の》みっぷりもお見事です」

「御大将の幸村殿は？」

「残念ながら、まだご来駕《らいが》を賜っていません。『一度お連れ致す』と十勇士の皆様はおっしゃっているんですけど、どうにも――」

亭主の言葉を遮るように、女がわざとらしく鼻を鳴らす。

「真田十勇士やなんて、だいたいが講談で活躍した架空の人物でしょう。それぐらいのこと、わたしでも知ってます。そんな人らが、時代劇みたいに鎧甲《よろいかぶと》を身につけて来店するんですか？　阿呆《あほ》らしい」

「甲冑《かっちゅう》をつけておいでにはなりませんが」

困った顔の亭主に、濱地は尋ねる。

「そのヒーローたちは、ここでどんな話をするんですか？　大坂の陣での武勇伝なのか、反省会なのか」

「武士《もののふ》らしく勇ましいお話で盛り上がりますが、どうも最後は残念無念ということになりがちです。内府殿、徳川家康《とくがわいえやす》公にあと少しというところまで迫りながら、討ち取れなかったことにはいまだに悔いがあるようで」

濱地は「だろうね」

「敵方の本陣に押し込んだ際、敵陣は後方から混乱する裏崩れに陥ります。家康公のまわりにいた旗本らは怯《おび》えて逃げ、家康公は『もはやこれまで』と自害なさろうとした。あと一歩のところで討てなかったのは、徳川家の馬印《うまじるし》が倒れて家康公の居場所が判らなくなったからである。つまり、徳川方は勇猛であるがゆえに勝ったんではなく、臆病《おくびょう》さによって勝利したのである、と」

「はは、そうきますか。後日にお咎《とが》めがあったそうですから、旗が倒れたのは事実のようですが。徳川方は臆病さによって勝利したのだとは、大坂方は滅びてもなおがんばりますね」

「わたしかて大坂方です。皆様の見方に賛同すると、無邪気なほど喜ばれて『亭主、呑め呑め』です」

「安居天神の境内で死んだのは影武者で、本物の幸村は、大坂城を脱出した秀頼《ひでより》殿を連れて鹿児島《かごしま》に落ち延びた、という俗説の真相はどうなんです？」

「さすがにそれは民衆の願望にすぎんそうです。そう言いながら酔っては、京や大坂ではやった童歌を『愉快愉快』と誰かがお歌いになります」

　花のようなる秀頼様を
　鬼のようなる真田が連れて

退《の》き も退いたよ鹿児島へ
「そこまで座が盛り上がると、ついには幸村公の物真似です。道明寺《どうみょうじ》の戦いの殿《しんがり》を務めた際に叫ばれた『関東勢百万も候へ、男は一人もなく候』」

「傑作だ。一度、そこへ混ぜてもらいたいものです。いや、ただでさえ席が足りないんだから、それは無理か」

気分を害した女は、何も言わずに料理を平らげていく。どうして食べられるのだろう、という疑問は霧消しているらしい。現に食べ、賞味できているのだから。

箸休《はしやすめ》は黒豆湯葉汁。

鉢物は絶妙の甘さに仕上げた鱧《はも》のそぼろ煮。

料理はさらに続く。

「どれも、おいしい」

女は、しみじみと呟《つぶや》く。悔しいが認めずにはいられない、という風情で。

「またこんな幸せな気分になれるとは思てませんでした。おいしいものが食べられるというのは、ほんまに幸せなことですね。実感します。贅沢《ぜいたく》なもんをいただいてるから言うんやありません。心尽くしのお料理やから、うれしいんです」

「料理人にとって、そのお言葉はもったいないばかりです」

神妙な顔になった亭主は、用意ができた八寸を出す。文字どおり八寸四方の杉木地のへぎ盆に、栗甘煮、松葉に刺した銀杏、柿の甘酢掛けなど秋らしい味覚が酒肴として盛られている。

「亭主相伴といきましょう」

探偵が燗鍋《かんなべ》を取り上げると、亭主は「それでは、ここで」と杯を持つ。カウンター越しに酒が注がれる。

「さっきは、調子に乗ってつまらんことを、べらべらしゃべりました。すみません」

「いいえ」

酒のせいで頬がほのかに紅潮しているのを自覚して、女は言う。

「顔が赤いでしょ。こんな幽霊って、おかしいですね」

濱地は、顔の前で手を振る。

「おかしいもんですか。それでいいんです」

女は両手を膝《ひざ》に置いて、指を様々に絡ませる。

「何が何やら、さっぱり判りません。わたし、なんでこんなところにいてるんでしょう?」

「それはもちろん、わたしがお誘いしたからですよ。ここへお連れしたかったんです」

「なんでですか?」

「幸せな気分になっていただくため。他に何があるって言うんです」

「なんでわたしを幸せな気分にするんです？」

「そうしたいからです。堂々巡りですね」

「憐《あわ》れんでくれたんですか？」

「憐れむというのとは違うな」

「もしかして、こうすることがお仕事なんですか？」

「わたしの場合、ここまでが仕事、ここから先はそうではない、と割り切れるものではありません」

「仕事の一環ということですか。わたしの胃袋を美食で満たして、幸せな気分にして、機嫌よく成仏してもらおう。要するに、そうですね？」

「それが探偵の仕事だとしたら破格ですが」

「心霊現象を専門とする探偵さんですから、筋は通りますよ。幽霊と面会して、宥《なだ》めて、あの世に送り出す。そういうお仕事もしてはるんやわ。図星やないですか？」

「肯定も否定もしないでおきましょう。ご想像に任せます、ということで」

「ずるい。そういうところが探偵らしいって思います。他人のことに首を突っ込んで、よけいなことばっかり……」

拗《す》ねたように、しかし穏やかな目で言う。

亭主は顔を伏せて黙しているが、二人のやりとりが耳に入らぬはずはない。

「あの人がわたしに何をしたか、ご存じなんですか？」

「ご本人の話を伺った上で、わたし自身も調査しました。あなたに落ち度はありません。あの方が不実だっただけです」

「うまいこと言いますね。そうやってわたしを手なずけるつもりでしょう。相手が妻帯者と知らず本気になって、挙句にぽいと棄てられて、悲嘆の末に自殺した愚かな女。ありふれた話で、面白いことも何ともない」

「一つだけ反論させていただくと、ありふれた人生というものはない、というのがわたしの信条です」

「口ばっかりうまい探偵さんやこと。あ、もう一つだけ取り柄がありました。飛び切りええお店を知ってはる」

店を褒められた亭主は、照れ隠しなのか気難しげな顔になり、二人に背を向けてしまう。

「この仕事は、あの人の依頼ですか？」

女の問いに、濱地は躊躇《ちゅうちょ》なく「はい」と答える。

「そうですか。行く先々でわたしの姿がちらちら目に入るんで、顫《ふる》え上がってましたからね。わたし、演出をしてあげたんですよ。叔父《おじ》があげてくれたお葬式の翌日から、彼の前に姿を現わしました。通勤途上ばかり狙って、最初は遠くに立つ。次は少し近づく。ホームの向かい側に立って、だんだんと距離を縮めていく。角を曲がったところで待ち伏せしてやった時は、彼、無様に腰を抜かしてしまいました」

残忍な笑みを浮かべる女に、探偵は尋ねる。

「これからどうするおつもりですか？　あんな男、かまう値打ちもありませんよ。呪ったりせず、心の貧しさを憐れんでやればいい」

「憐れなのは自分の方やと承知してます。どうも怪しいと思って私立探偵に調査を頼んで、あの人に奥さんと子供がいてると突き止めた時はショックでしたけど、絶望はしませんでした。きっと不幸な家庭なんや。せやからわたしとの運命的な出会いに飛びついてくれたんや、と考えて。そんなんやから、『離婚して、必ずおまえと一緒になる』なんていう姑息《こそく》で月並みな言い逃れを信じてしもうたんです」

酒の力を借りながら、女は後悔を吐き出す。

「あの人は不幸せなはず。それを確かめようとしたわたしは、刑事みたいに張り込みをして、知ってしまいました。不幸せどころか、彼の家庭がどれだけ温かくて愛情にあふれたものか。わたし、判るんです。愛情には敏感ですから」

指の動きが普通ではなくなる。

「自分はあの人にとって何やの、とすっかり混乱してしまいました。ストレスの多い仕事の合間に気分転換をする道具。それ以上の意味はなさそうです。しかも、その道具で遊ぶのにお金はいりません。女の方がせっせと貢いでくれるんですから、笑いが止まらなかったはずです。悩んで、苦しんだ一年半ですけど、思い返したら丸ごと喜劇でしかありません」

「率直に言いましょう。よくお判りじゃないですか。そこまで認識できているのなら、もう迷うのはよしませんか？　自分を楽にしてあげなさい」

「泣き寝入りですか」

女の目が、なめらかに吊《つ》り上がっていく。膝の上で絡めていた指は、複雑極まりない形で固まり、指先が細かく痙攣《けいれん》する。

「依頼人が目障りだと言っているから、おまえはとっとと失せろ。あなたが望んでるのは、結局のところそれだけなんですね。甘い。そこまで都合のええ女でいてやるもんですか。暗くて冷たいところに引きずり落としてやります。けど、そこは淋《さび》しいだけのところではありません。わたしも一緒について行きますから」

濱地は何も言い返さず、じっと女を見つめ返す。

「どうぞ」

ここで松茸《まつたけ》御飯と香物がテーブルにのったので、二人は何事もなかったかのように箸《はし》を取り、音を立てて沢庵《たくあん》を齧《かじ》りながら湯漬けを平らげる。その愛らしく、あまりにも日常的な響きに場の空気は緩まずにいられない。

水菓子には清々《すがすが》しい色をしたメロンと白桃が供される。母親が子供のために切り分けたかのように、これらに特別の細工はない。

そして、茶菓の熨斗《のし》梅と煎茶《せんちゃ》。

「父と食べた時と、そっくり同じ。器も」

図って出されたものであることを女は知る。

「でも、なんでこれが事前に用意できたんですか？」

「偶然です」

亭主は空とぼけてしまう。

探偵は両の掌《て》で湯呑《ゆの》みを包み、茶をひと口啜《すす》って言う。

「ご自分を大事になさってください。虚《むな》しいことはもうやめにして、お父様が待っているところにいらっしゃいませんか？　そこには懐かしいお母様もいらっしゃいます」

「父や母のことは言わんといてください。わたしも、できることならそうしたい。できへんから、こんなふうに迷うんです」

「できないことではありませんよ。あなたが拒み、なさらないだけだ」

「愛していたんです。その分、憎しみも尋常やないんです」

また女が興奮しかける。

「あなたが愛した人から、『助けて欲しい』と依頼されました。その人は、自分ではなく、あなたを『救ってやってくれ』とおっしゃったんです」

濱地の言を、女は信じない。

「またそんな綺麗事《きれい》を。彼がそんなことを言うはずがありません」

「赦《ゆる》せませんか？　いや、あなたは赦しますよ。もう心はそちらに傾いている」

「暗示にかけようとしても無駄です」

探偵は、湯呑みを静かに置く。

「衆寡敵せず、真田幸村公が落命した安居天神には、菅原道真《すがわらのみちざね》公が立ち寄ったことがあると伝えられています。讒謗《ざんぼう》に遭い、五十六歳で太宰府《だざいふ》へ流される途中、四天王寺に参った。その後、あそこで船を待ちながら休息を取ったことにちなんで、安居天神と呼ばれるようになったのだとか」

その途端に、「ああ」と女は何か思い出す。

「父に連れられて文楽の『菅原伝授手習鑑《てならいかがみ》』を観たことがあります。何段目かに太宰府に流される菅丞相《かんしょうじょう》が浜辺で船を待つ場面があったけど……」

「安井汐待《やすいしおまち》の段。その安井というのが、ここです。——もっとも、それが安居天神の名の由来というのは伝説みたいですね。四天王寺の僧侶《そうりょ》が夏安居《げあんご》の修行のためにこもった安居院の跡だからついた名前だ、とも言います」

女は、何が言いたいのだ、という顔になる。

「菅原道真公と真田幸村公。どちらも無念を抱きながらこの世を去りました。そして、ここは両人に所縁《ゆかり》がある。しかし、毒々しい憎悪の気配など微塵《みじん》も感じられず、それどころか重苦しい何かが浄化されたかのように空気が清冽《せいれつ》です。怨《うら》みの坂ではない」

探偵は、耳を澄ますふりをする。

「坂を下っていったところにある安居の清水。あれは別名を癇鎮《かんしず》めの水と言います。その霊験もあるのかもしれませんね。ここが赦しの坂なのは」

「赦しと、諦《あきら》めの坂ですか」

女は熨斗梅を味わい、煎茶を飲み干す。

それからしばらくの間、カウンターに両肘《りょうひじ》を突いて黙っていた。

探偵は、女が覚悟を決めるのを待つ。為《な》すべきことは為し、語るべきことは語った今となっては、もうすることがない。

「ご馳走《ちそう》で幽霊を懐柔するやなんて、おかしすぎます。わたしがものすごい食いしん坊みたい」

含羞《がんしゅう》の笑みを見せる。

「おいしいものを食べて、温まったようですね。お連れした甲斐《かい》がありました」

氷のように冷え切っていた心が、そろそろ融《と》ける頃合いだった。仕事がうまくいったことを探偵は確信する。

「おかげで父と母にええ土産話ができたようです。こんな形で現世への未練を断ち切れるとは、思ってもみませんでした」

今宵《こよい》食べたものを確かめるように献立の墨蹟《ぼくせき》を指でなぞってから、その紙を丁寧に丸めてハンドバッグにしまう。

「ご亭主、探偵さん。おいしいお料理をご馳走さまでした。最後に大阪の味が堪能《たんのう》できて、思い残すことはありません。これで失礼させていただきます」

送っていこうとする濱地を押し止め、女は亭主と探偵に一礼して出ていく。

開いた戸の向こうでは、雨が上がっているらしい。

店が急に広く感じられるようになる。

しばらくしてから、探偵はおもむろに言う。

「おかげでまた一件、無事に片づいたようです。ありがとうございます」

「よろしゅうございました」

亭主は、女が座っていた席の湯呑みと皿を引く。

「ご亭主は、いつまでこの店を続けるおつもりですか？」

「お客様に料理をお楽しみいただけているようですし、わたしは苦しんで迷っているわけではありません。これからもやらせていただくつもりです。まだ当分は」

「そういうことなら、今後もよろしくお願いしますよ。またお客さんを連れてきます」

探偵はコートを羽織り、亭主の見送りを辞して店を去る。

坂に出たところで、女が消えた方角を探ろうとしたが、どちらに行ったのかは判らない。もとより追うわけではない。

下ってみることにした。

二歩、三歩と進んだところで振り返ると、さっきまであった路地はどこにもない。

雨がやんでも、坂は何かで煙っている。

上空から眺めた天神坂は、闇に溶けて見えない。

夜が更けるほどに、少しずつ街の明かりが減っていく。

逢坂《おうさか》
逢坂

座長と激しくぶつかった。

まず四天王寺《してんのうじ》の舞台で、ヒップホップ混じりにアレンジした雅楽で舞う場面が様になっていない、と怒声を浴びせられた。襤褸布《ぼろきれ》のようになったTシャツと鉤裂《かぎざ》きだらけのジーンズ姿で、石の大鳥居にすがりつくところも「子供がふざけてるようにしか見えん」のだそうだ。そして、座長の脳裏にある感動のクライマックス、おれが演じる盲目の俊徳丸《しゅんとくまる》が父親と運命的な再会をする場面の嘘っぽさは「犯罪的」で、俊徳丸が見えない目で難波《なにわ》の海に沈む夕陽を幻視して立ち尽くす場面では、「芝居が潰《つぶ》れる。おれに喧嘩《けんか》を売ってるのか？」ときた。

「衣裳《いしょう》が早めにできても、役者がこれではな。情けのうて涙も出んわ」

こちらのプライドなどまったく顧慮しない面罵《めんば》だ。あわや本音をぶつけかけたが、座長の髭面《ひげづら》の向こうで真美《まみ》が〈あかん。あかんで、駿介《しゅんすけ》〉と言うふうに首を振るのを見て、かろうじて自制した。

高校生になってすぐ芝居の味を覚え、もう十年。大学を中退し、今の劇団に入って六年になろうとしている。噎《む》せ返るほど人間臭い世界だし、おれは髪の毛さらさらの優男風の見掛けに似合わず短気で自信家なので、これまで摑《つか》み合いの喧嘩も何度かやらかした。しかし、今日の稽古《けいこ》ほど腹立たしいものはない。

「吞《の》みにいこ」

稽古を終えてから、真美に肩を叩《たた》かれた。おれは下戸でまったく吞めない。晩飯を付き合え、ということだ。同い年だが彼女は齢《とし》より落ち着いていて、よく慰められる。松屋町《まつやまち》筋はずれの雑居ビルにある稽古場《けいこば》を出て、新世界《しんせかい》の方へ向かった。真美の行きつけの居酒屋がある。そこで脂っこいものをやけ食いすれば、いくらか腹の虫が治まりそうだ。

——かやうに候ふ者は、河内《かわち》の国高安《たかやす》の里に左衛門《さえもん》の尉通俊《じょうみちとし》と申す者にて候。さてもそれがし子を一人《いちにん》持ちて候ふを、さる人の讒言《ざんげん》により暮に追ひ失ひ候。

葛城《かつらぎ》が演じる高安の通俊、俊徳丸の父の名乗りの声が脳裏で響く。芝居のことなど忘れたいのに、彼の特徴的で朗々たる声が耳について離れなかった。座長は、あいつの演技には満足しているらしい。

「ビールと烏龍《ウーロン》茶で、まずは乾杯」

真美が明るく言ったが、乾杯なんていう気分ではない。仏頂面をしていたら、彼女が一方的にグラスを当ててきた。それから二人で競うように注文を繰り出す。さんざん頼んでおいて、「とりあえず、それだけ」と言った途端に、思わず笑ってしまった。

「『それだけ』やて。阿呆《あほ》やな、おれら」

「ええやないの。寝る子と食べる役者は育つ」

真美は、まだ品書きを見ていた。

「言わんわ、そんなこと。どか食いして体重が増えたら、ますます今度の芝居はぶち壊しやな」

あらぬことを吹き込んだ者がいたため実の父に家を追われ、物乞《ものご》いとなった俊徳丸を演じるのだ。減量をして役作りに励もうとしたが、そんな気は失《う》せた。もとより、ダイエットの覚悟を座長に打ち明けたら「無理に痩《や》せる必要はない。おまえはもともと細身なんやから」とそっけなかった。

「ああ、お腹ぺこぺこ」

真美は、おれの言葉を大らかに聞き流して、後ろで束ねた髪を結び直した。自然な動作なのに芝居の一場面のように映るのは、動作が美しいからだ。彼女は器用な上に存在感があり、これまでの当たり役は、ニューオリンズの娼婦《しょうふ》と大阪の下町のおばさん。さすがに万能ではなく、世間知らずの姫君の役はゲネプロの直前になって座長に降ろされた。「真美はあかんな。どうしても何かたくらんでるように見える」と。あれは、東日本大震災が起きる少し前のことだ。

出てくる料理を、がつがつと食べた。今日の座長は荒れてたね、と真美がいつ切りだすかと思っていたが、いっこうにそちらに話をやらない。「わたし、考えてるんやけど」ときたので何かと身構えたら、このところ世論を二つに割って論議されているTPPとかいう貿易の協定についてだ。「食料安保の観点からも、あれ、あかんと思う」と持論を弁じる。真美はふだんからニュースネタが好きだった。

「それはそうと、今度の芝居、やる気が出えへんの？」

油断させておいて、懐に踏み込んできた。真美には肚《はら》を割って話すしかない。

「寺山修司《てらやましゅうじ》や岸田理生《きしだりお》や蜷川幸雄《にながわゆきお》が成功させたネタを、今さらやっても仕方がないやろ。向こうは『身毒丸《しんとくまる》』で、こっちは『俊徳丸』。おんなじや」

何番煎《せん》じかであっても、脚色が斬新ならばかまわない。もとは『しんとく丸』という中世の説話だ。しかし、座長による脚本は凡庸極まりないというより、陳腐としか言いようがなかった。『しんとく丸』の物語をそのままなぞるだけで、衣裳と音楽だけ現代風にするとは。しかも『しんとく丸』を下敷きにした謡曲の『弱法師《よろぼし》』をミックスしていて、なんとも気持ちが悪い。

「『しんとく丸』がやりたかったんやけど、主人公の名前がかぶらんように、俊徳丸が出てくる『弱法師』を持ってきたんやろうな。そんなことしたら、おかしいだけやろ。冒頭で『さる人の讒言により』て言いながら、いつのまにか母親の悪巧みで家を追い出されることになってる。それは『しんとく丸』の設定や」

ちなみに、その母親役が真美だ。

「駿介の言うとおりやと思うよ」

真美は煙草をくわえる。食後に一本だけ吸うのが習慣だから、もう食べるのは終了なのだろう。

「陳腐なとこだらけかな。せやのに、なんか心惹《ひ》かれるところがあるねん」

「ないわ。どこに面白さがあるんや？　主人公が理不尽な目に遭《お》うて、ぼろぼろになって、最後は父親と再会して、『さあ、一緒に家へ帰ろう』。なんや判らんまま救われるっていうだけの話やろ。宗教的な意味づけをされても辟易《へきえき》するけど、それすらない。おまけにジーパン穿《は》いて四天王寺の舞台で舞うやなんて演出、まるっきり阿呆やないか。『ジーザス・クライスト・スーパースター』か。あれ、七〇年代の芝居やぞ」

ふうと真美は煙を吐く。

「一つだけ現代的なところがある。俊徳丸の不幸の原因が、母親による児童虐待て解釈されてるとこ」

「そこが取ってつけたようで、よけいに嫌や。うちの座長、もっとまともな脚本《ほん》が書けたはずやのにな」

おれの右手の甲に、真美の左手が重なった。こんなスキンシップは初めてだ。

「判ろうとしてあげて。座長、子供の時に実のお母さんからえろう折檻《せっかん》されてたらしいねん。お父さんは気の弱い人で、それを知りながらよう止めんかってんやて」

かわいそうな俊徳丸は、自分の似姿ということか。心に漣《さざなみ》が立ったが、納得するにはほど遠い。

「それは知らんかった。けど、せやからって下手な脚本を書く言い訳にはならん。自分が虐待の経験者やったら、それと向き合《お》うてもっとリアルで真摯《しんし》な芝居にするべきやないか？　稽古場が四天王寺の近くやから、思いつきで俊徳丸をつまんできただけやろ。あの脚本に不満を持ってるのは、おれだけやない。みんな座長を怖がったり、気兼ねしてよう口にせえへんだけや。真美かてそうやろ？」

その点は認めるかと思ったら、反論された。

「わたしにも判りにくい芝居なんやけど、駿介の見方は短絡的やと思うよ。確かに、憐《あわ》れな俊徳丸が舞台をうろうろして、最後にお父さんが『わしが悪かった。ごめんな』と出てきて終わり。途中に気の利いたエピソードを挟むでもなく、新しい表現があるでもないわ。それやのに、この投げ出したようなところに真実味みたいなものも感じるねん」

「そんなぼんやりしたもん、どうやって観客に伝えたらええんや！」

つい大きな声をあげてしまったが、店内は酔客の談笑で騒がしく、こちらを振り向く者はいない。

と、真美が目を伏せた。言いにくいことを話そうとする時の癖だ。

「脚本を理解しようとせえへんのやったら、役者としてベストを尽くしてるとは言われへん。ひとみちゃんがおったら。どう言うやろね」

その名前をここで出されるのは愉快ではなかった。

「あの子がいてても今日みたいな稽古をした？　それとも、あの子が稽古場におれへんから今日みたいなことになったん？」

これほど答えにくい質問はない。返事を見つけられずにいると、真美はさらに訊《き》いてきた。

「引きずってる？」

けだるく首を左右に振った。そうや、と答えたのに等しい。

「つらい気持ちは判るけど、ひとみちゃんのことを想うんやったら、もっと芝居に身を入れんと」

そこまで言ってくれるのは真美だけだろう。ありがたい、とは思う。

「ひとみちゃん、古典芸能が好きだったやないの。服も買わんとお金を貯めて、能や歌舞伎や文楽や、よう通《かよ》てた。『俊徳丸』やなんて、はりきってやったかもね」

歌舞伎は高校時代から好きだった。

「せやから、今度の芝居を空の上から見ててくれると思う。駿介のことも――」

不意に黙った。どうしたのかと顔を上げて見ると、真美は食べ残しの焼き鳥が一本だけのった皿を凝視している。

またか。

「嫌やわ。こんなもん、欲しがってる」

「何人も？」と訊いた。

「ううん、一人だけ。真正面から青白い手が伸びて、この串《くし》を取ろうとしてるねん。男の人やわ。指まで毛が生えてる。指が空中を掻《か》きむしってる。摑《つか》めるわけないのに」

皿をおれの方にやりながら、「食べて」と言われたが、「もう腹いっぱい」と遠慮する。

真美は時々、食事中に箸《はし》を止めて、誰かの手が皿に伸びてくるので食べられない、と訴える。今日は男の手が一つだけだったそうだが、甚だしい時は三方から幾人とも知れない手が出てくるらしい。

幽霊の類《たぐい》が視える、視た、という役者は多い。というより、この世界では何も視ず何も感じない、という奴の方が珍しい。あの劇場の上手袖《こや　そで》にはおかしな女が立つとか、いつも決まった席で得体の知れない老人がにこにこしているとか、奈落《ならく》に一人でいると理由もないのに寒気がするとか。

「ビールもなくなったし、行こか」

無気味なものを視て、場所を変えたくなったのだろう。彼女が呑《の》んだ分、おれがよけいに食べているので、きっちり割り勘にする。

「マーさん」

きた方に戻ろうとする真美を止めた。

「どうしたん？」

「ちょっと、こっち」

通天閣の下近くまで誘導していく。

「何やの？　駿介、こっちの方は嫌いなんやないの」

まっすぐ進むと、けばけばしい看板だらけの一角だ。金色のビリケン像を店頭に飾った串カツ屋が犇《ひし》めき、胸がむかつく。串カツというのは、ああいうところで食べるものではなかった。

おれは必ずしも低俗なもの、俗悪なものを憎みはしない、時に愛する。しかし、ここで繰り広げられているわざとらしさには唾棄《だき》するしかない。こんなパロディ未満のもの見て大阪観光をした気分になる旅行者がいるのだから、暗澹《あんたん》たる思いだ。

似たような場所に、このところの道頓堀《どうとんぼり》がある。江戸時代には五つの劇場で賑《にぎ》わった芝居の街、日本の芝居の中心地が、今では地元の人間が足を運ぶ理由のない二流の盛り場になりつつある。道頓堀五座は今や一つも残っておらず、役者の端くれとして無念だ。

「向こうへは行けへん。——ほら」

おれが指差す方に視線を投げた真美は、難しい顔になった。

「何を見いって言うの？　わけ判れへん」

やはり視えないのか。

おれには視える。

通天閣の短い脚の部分は、三角形を組み合わせたトラス構造をしている。そこのある場所に、白い服を着た女が立っていた。長い髪をなびかせながら——今夜、あの高さでも風は吹いていないだろうに——、下界のあちらこちらを眺めているようだ。表情までは読めないが、哀しげな顔を想像してしまう。

真美にも何か視えるのだろう。疑いはしないが、それはおれが視るものとは根本的に性質が違うらしい。現に、おれは彼女の皿に伸びる手が視えないし、彼女には通天閣の女が視えていない。

「よう見てくれ、おれの人差し指。男の色気があるやろ」

そう言うと、「しょーもな」と呆《あき》れられた。

振り向く前に、塔の女をもう一度見上げる。どこの誰とも知れないその存在に、おれはほとんど怒りと言ってもよい苛立《いらだ》ちを覚えていた。

――なんで突っ立ってるねん。行かなあかんところがあるやろ。

どんな事情があるのか計り知れないが、そんなところに立つのは愚かすぎる。

――いや、ひょっとしたら。

行くべきところがどこか判らず、あそこからそれを探しているのではないか。だとしても、彼女を助けてやることはできない。


おれは視えるのだ。

他の役者連中が「視た」と騒ぐ幽霊だか何だかのほとんどが、自己暗示による気の迷いにすぎないことを知っている。神経を張りつめていると、どんなものでも視えてしまうものらしい。

芝居の世界の外でも、「視える」と言う輩《やから》にたまに出くわす。その体験談を聞いてみたら、多くは「火事の焼け跡で死んだ子供たちが遊んでいた」や「井戸の底から怨《うら》めしげな女の顔が見上げていた」といったものだ。「タクシーに乗り込んだお客が、墓地を過ぎたら消えていた」や「あるトンネルを通る時、列車の窓に無気味な顔が映る」といった怪談もよく耳にする。

違うやろ、といつも思う。少なくとも、おれが視るのはそういうもの——場所や状況に縛りつけられたものではない。

たとえば、死んだ父方の祖母だ。母方の祖父だ。磯釣りをしていて波にさらわれた中学時代の野杉《のすぎ》先生だ。

おれが大切に想っていた人、死んでもおれのことを案じていて欲しい、と希《ねが》った人だけが視える。もちろん、いつも傍らに寄り添っていてくれるわけではない。幸いなことに、と言おう。そんなことをされたら窮屈でかなわない。おれの心身が弱って何かにすがりたい時や、その反対に必要としていた何かを得た歓喜の時に、いつの間にかおれの視界にだけ、彼らは現われてくれる。

こんなことを口外したら、それこそ願望が見せる幻にすぎない、と思われるだろうが、断じてそうではない。

小学四年の時、近所の友だちが祖母を亡くす。学校を休んでその葬儀に出、北海道から帰った彼の横に白髪の老婦人がいたので、もしやとアルバムを見せてもらったら、まさに彼の祖母だった。おれはその老婦人に会ったことはなく、写真やビデオで見る機会もなかったのに、彼と並んだ祖母が視えたわけだ。

似たようなことは何度もある。街ゆく人や公園のベンチで寛《くつろ》ぐ人のそばに、この世にいない人を視ることは日常茶飯事だ。大切に想い想われた人たちなのだろう。

ああ、人間は死んでもすぐ天国には行かないのだな、と知った。

その発見を両親に語ったこともあるが、幼い心が抱いたファンタジーとして聞き流され、長じてからは自分だけの特異な能力と理解して、口を噤《つぐ》むことにした。劇団内で「わたしは霊感が――」といった話題になっても、黙って静かにしている。それは違うで、と思いながら。

死者はすぐには昇天せず、しばし大切な者のそばに留《とど》まる。〈しばし〉がどれぐらいの時間なのかは知らない。思春期になってめっきりご無沙汰《ぶさた》していた祖母が、二十歳を過ぎて視えたこともある。迷っているわけでもないだろう。想いだけが地上に残っている、と考えることにしていた。

そんなおれにとって、通天閣の上の女は謎と言うしかない。あんなところに立たず、どうして早く大切な人のもとへ行かないのか？

不可解だが、どうでもいいことだ。常ならざる能力に恵まれたせいで、懐かしい祖父母や先生と再会できたおれには、おれだけの苦しみがある。他人に理解してもらいようのない苦しみは、ひと際つらいものだ。

ひとみが視えない。

翌日も稽古《けいこ》がある。

公演初日まで十日を切ったのだから、当然だ。

地下鉄の階段を上がり、一心寺《いっしんじ》を左手に見ながら逢坂《おうさか》を下っていった。十一月の五時半ともなれば、もう晩秋の日は落ち、坂下から湧いて這《は》い上がってくる車のヘッドライトが果てることなく続く。かつてはここを市電が通っていたそうだが、さぞや苦しげによじ上ってきたのだろう。

明治時代には、こんなものではなかったらしい。押し屋なる者が坂下に控えていて、荷物を担いだ人間がやってくると、後ろから背中を押してやって金をもらった、と桂《かつら》米朝《べいちょう》の落語で聞いた。その後、さる寺の住職が傾斜を緩め、市電を通すために市が道幅を広げて今ある逢坂となった。五車線あり、国道25号線にあたる。

二人で、何度もこの坂を歩いた。

ひとみは、おれとは反対の方向からやはり地下鉄でやってきて、坂の上で一緒になることが多かった。会うといつも笑ってくれた。坂の途中で、小さな背中を見つけ追いかけたこともある。

いつだったか、この坂の名前から、〈逢《あ》う〉と〈会う〉はどう遣い分けるのかについて、二人で言い合った。

――〈逢引《あいび》き〉みたいに、お互いが約束して落ち合う時に、逢坂の〈逢う〉を遣うんやないかな。

と言ったら、ひとみはすぐに返してきた。

——時代劇で『仇《かたき》にやっと逢えた』という時も遣いますよ。黄昏《たそがれ》時のことを〈逢魔《おうま》が時《どき》〉て言うけど、あれは妖《あや》しいものと待合せして会うわけやないし。

どちらも〈思いがけず出逢う〉というニュアンスだ。おれは潔く自説を撤回した。帰ってから調べても、区別がよく判らなかった。判らないながら、〈逢引き〉や〈めぐり逢い〉のように、抒情性《じょじょう》を帯びた言葉には〈逢う〉が似合う。おれは、ひとみと肩を並べて歩いた坂が逢坂という名であることを、今になってくすぐったく思う。

初めて会ったのは——ここは〈会う〉だろう——、おれが十七でひとみが十五だった。会ってまもなく十八と十六になる。

友だちに誘われて演劇部を覗《のぞ》きにきて、どうしたことかひとみだけが入部した。とりたてて芝居に興味があったわけではないし、部長だったおれの勧誘が巧みだったのでもなければ、男子部員の誰かにひと目惚《めぼ》れしたのでもないのに。

——未知の世界への好奇心から。

あとになって、そんなふうに言った。

脇役をやらすと、うまい役作りを見せた。あまり声が前に出ないので主役級は務まらなかったが、台詞《せりふ》回しが丁寧なことに感心した。もっとも、わが演劇部のレベルは高いとは言えず、府内のコンクールで評価されたこともないし、文化祭でもお義理の拍手をもらうのがやっと。ひとみにとってはそれでも充分に楽しかったそうだが、おれは不完全燃焼だった。

大学に進んでから、学内のいくつかの劇団を渡り歩き、たどり着いたのが〈黒水《くろすい》仙《せん》〉だ。髭《ひげ》の演出家の独創性に惹《ひ》かれた。今の座長だ。〈黒水仙〉という劇団名は、創設者三人から一字ずつ採ったというが、座長の姓にはどの文字も含まれていない。他の三人は、順に挫折《ざせつ》していったのだ。

おれは大学をやめ、アルバイトをしながら劇団の活動にのめり込んでいく。両親にすれば喜ばしからぬ事態だろうが、一人息子のわがままに反対はしなかった。一度だけの人生なのだから、好きなようにがんばれ、と軽く励まされたほどだ。

だいたい、おれの両親は放任主義の楽天家で、家庭は円満そのものだ。親殺し、子殺し、骨肉相食《あいは》む修羅場といったニュースに接するたびに、わが身の幸せが申し訳なく思えるほどに。小さなものも入れたら常に七つ以上の悩みを抱えているおれだが、家族に関するものは一つもない。

それだから、『俊徳丸』に身が入らないのかもしれない。役者としては失格だが、どう考えたって脚本にも問題がありすぎる。

おれが想像し得る最も悲惨なものは児童虐待だ。それを阻止するために何の努力をしているわけでもないが、怒りや痛みは感じる。「人間に耐えられないほどの試練を神は与えない」という言葉を胸に不幸を乗り越えていく者がいるらしい。が、おれは好かない。頼るべき親から暴力をふるわれ、死んでいく子供が存在するというのに、何が試練だ。

だから、児童虐待というモチーフは自分に関係がない、座長個人のトラウマなど知ったことか、と冷めているわけではない。扱うならば、『しんとく丸』だの『弱法師』だのを意味ありげに借用せず、練り上げたオリジナルの脚本を書くべきだろう。おれが飛び込んだ当初はひと公演で百人もお客を集められなかったが、じりじりとファンを増やして、この五月には四公演で千人近くを動員できた。着実に成長してきたわけだが、この先に壁がある。

座長の夢は、東京にも進出して一万人のお客を呼ぶことだ。それぐらいの目標を立てるのはいい、とおれも思う。〈黒水仙〉がどこまで行けるかという岐路に差しかかっているのだ。そのタイミングで『俊徳丸』は躓《つまず》きの石でしかない。

——あの子がいてても今日みたいな稽古をした？

真美の問い掛けが甦《よみがえ》る。

無意味なことを訊《き》く。ひとみは稽古を休んだのでも退団したのでもない。死んで、この世にいないのだ。

三月十一日。今この国に生きている者は、この日付を忘れることがないだろう。おれも決して忘れない。巨大地震が夥《おびただ》しい死をもたらした日であると同時に、ひとみが死んだ日なのだから。

日々、人は逝く。

風が木の葉をもぎるように。

3・11と称される特別な日にも、震災に関係のないところで多くの死があった。ひとみの交通事故は、そのうちの一つだ。親戚《しんせき》の販売店に頼まれ、トレーニングとアルバイトの一石二鳥になるからと始めた新聞配達の途中で、居眠り運転の車に撥《は》ねられた。ハンドルを握っていたのは、連日の激務で慢性的睡眠不足の会社役員だったという。

病院に搬送された時点でひとみに意識はなく、その日の夕方に命の灯は消えた。おれがそれを知ったのは、夜になってからだ。息を吞《の》みながら津波の映像を観ているところに、真美から電話が入った。画面から悪夢が飛び出してきたかに思えた。

──引きずってる？

頷《うなず》いてもよかった。劇団の者は、みんな引きずっているに違いない。八カ月たっても、いるべきはずの者がいない、という空虚さが稽古場《けいこば》に漂っている。五月の公演をひとみの追善公演としたが、それで気持ちの整理がついたら世話はない。

ひとみが〈黒水仙〉にやってきたのは、三年前の夏。それまでにも何度か公演にきていたらしい。初めは懐かしがって高校時代の先輩だったおれを見るのが目的だったが、劇団の目指すものに共感するようになり、意を決して戸を叩《たた》いたという。

高校を卒業してから、ひとみは舞台に立ったことがなかったが、事務員として勤めていた会社で派遣切りに遭ったところだったせいで、思い切りがよくなっていたのかもしれない。座長はオーディションを受けさせた上で入団を認めた。女性団員が二人抜けたばかりで、欠員補充として渡りに船だった。

ブランクを埋めるべく彼女はがんばったが、もとより高校時代にいた演劇部のレベルが高くない。声の張りも相変わらずで、役者としては限界があった。せいぜい重宝な脇役に留《とど》まったが、小道具や衣裳《いしょう》作りに意外な才能を発揮し、雑用の数々を苦もなくこなした。便利なだけではない。その妙にあどけない顔立ちとしぐさ、人当たりの柔らかさが劇団の雰囲気を温かくした。最年少だったひとみは、〈みんなの妹〉のようになっていく。

〈おれの妹〉でもあった。可愛く好もしいが、恋愛感情を誘って心を波立たせない。そんな女の子を、妹以外にどう表現したらいいというのか。高校時代に異性の先輩後輩として知り合ったので、たった二歳の違いしかないのに〈友人〉にならなかったのだ。

しかし、彼女にとってのおれは〈わたしの兄〉でも〈友人〉でもなく、〈単なる先輩〉にすぎなかったのかもしれない。そうでなければ、どこかで姿を視せてくれているはずだ。

ひとみが視えない。そのことがおれを苛《さいな》んだ。

あつかましいのではないか？　そうも思ったが、いつまで待っても彼女がやってきてくれないことに胸が痛む。山ほどいる先輩の一人に会いにくるほど暇ではない、というだけのことだろうに。

仏具屋を過ぎ、安居《やすい》天神を過ぎ、路傍の〈逢坂〉の碑を過ぎる。道路の向こうには、ぽっかりと丸い穴が穿《うが》たれた一心寺の白壁と石垣が続き、そのさらに向こうは天王寺動物園。踏ん張っているような下部が隠れているせいか、このあたりからだと通天閣がすらりと見える。

松屋町筋の南端に行き当たり、信号を渡った。そこにあるのが合邦辻閻魔堂《がっぽうがつじえんまどう》だ。聖徳太子が建てたお堂で、閻魔大王を祀《まつ》っているという。文楽の演題で歌舞伎にもなっている『摂州合邦辻《せっしゅうがっぽうがつじ》』の舞台でもある。

それもまた、実在したかどうか定かでない俊徳丸にまつわる物語で、ひとみがあらすじを聞かせてくれた。長者の子だった俊徳丸は、継母である玉手御前《たまてごぜん》の求愛を拒んだことを逆恨みされ、毒を盛られて失明する。重い病にも冒されて家を出た彼を、許《いい》嫁《なずけ》の浅香《あさか》姫《ひめ》が追い、二人は玉手の両親のもとに身を寄せるが、それを突き止めて玉手が現われた。そのあさましさに絶望した父の合邦は、わが娘を刀で刺してしまう。だが、脇腹を刺されたまま玉手は、俊徳丸を救うために芝居を演じていたことを打ち明ける。鮑貝《あわび》の杯に毒を盛って病にかからせたのは、俊徳丸が家督を継ぐことを恨んだ側室の子から守るためであった、と。彼を追ってきたのは、寅《とら》の年寅の月寅の日寅の刻に生まれた自分の生き血を与えて病を治すためだ、とも。玉手の肝臓の血を飲み、俊徳丸は美しい顔と視力を取り戻す。

人間の情が描かれてはいるが、あまりにも奇怪な玉手の行為をはじめ極端なことばかりが羅列されていて、これまた理解しにくい物語だ。伝説の中で逢坂をうろつく信《しん》徳丸《とくまる》――しんとく丸――俊徳丸を演じろと言われても、とっかかりが見つけられない。

それでも、やるしかないのだ。

『摂州合邦辻』の出鱈目《でたらめ》な筋運びに文句を垂れたら、ひとみは言った。

――確かに非論理的ですね。

ただ、それだけ。

非論理的な物語をわけも判らないまま演じればいいのか？

笑顔をたたえた彼女がそこに立っている奇跡を期待しながら、ゆっくりと振り返ってみたが、やはり視えなかった。

次の瞬間、おれの中で何かがプツンと切れた。

もう、いい。

その日の稽古場は、さながら戦いの野となった。

今回の芝居についての理解などまるで深まっていないのに、おれは演じ方を大きく変えた。理解していないからこそ平気で変えられたのだ。それが座長を喜ばせたのだから、おかしなものだ。

「やる気を出してくれたやないか。ひと晩じっくり考えたんやな。昨日とは見違えるようやぞ」

四天王寺の聖霊会《しょうりょうえ》——これは現在も盛大に執り行われている——で、花のような稚児《ちご》、俊徳丸が夢のように舞う場面。盲目の物乞《ものご》いとなり、無情な人々に迫害され、死の淵《ふち》まで追い詰められる場面。いずれも座長は手放しで褒め、おれはわけが判らないままザマミロと鼻を鳴らした。

それで座長に欲が出たのか、他の役者たちへの要求も高くなり、母親役の真美への風当たりがにわかに強まる。高揚のあまりか言葉がいつもの何倍も乱暴になり、真美が萎縮《いしゅく》してしまうほどだ。そうすると、さらに口汚い罵声《ばせい》が飛んで、彼女は蒼《あお》い顔で稽古《けいこ》を中断してしまった。

——拙《つたな》い脚本を書いといて、偉そうに。

そんな憤りを感じながら、クライマックスの稽古に入ったところで、おれから座長に嚙《か》みついた。父と再会した俊徳丸は、西方へ祈るうちに海の夕景を見る。それは現実なのか、幻なのか、脚本は明示していなかった。『しんとく丸』や『摂州合邦辻』では開眼する。『弱法師』では、視力は戻らない。

「どっちなんですか？　お客さんの好きなように解釈してください、では幼稚ですよ」

挑発的に尋ねた。これは、読み合わせの段階から出されていた疑問だ。「芝居自体が決めること」という返答に、みんな釈然としないままきている。

「芝居が決めることとやて言うたやろ。何を今さら蒸し返してんねん」

「照明で夕映えを表現しない、という演出ですから、俊徳丸の目がほんまに見えるようになったのではない、と取られるでしょう。それでええんですね？」

「ええわけない。なんでそうなるんや」

「それやったら、ちゃんと演出してもらえますか。ちゃんとした日本語で説明してください。ここは禅寺やないんで」

さっきおれを持ち上げたことを後悔したのだろう。血相を変えて突進してきた座長を、男連中が三人がかりで制止した。もう今日は稽古にならない。ビルが閉まる時間も迫っていた。

昨日とは逆で、ひどく落ち込んでしまった真美を、おれが慰める番だ。「さて、呑みに行きますか」と声を掛けると、「奢《おご》って」とせがまれる。牛丼とビールでいい、とのことだった。

新世界の方へ歩いていると、彼女の足許《あしもと》に猫が視えた。茶トラ二匹と白黒一匹がまとわりついて、ジーンズのふくらはぎに頭を擦《こす》りつけたりしている。

「マーさん、猫を飼《こ》うてた？」

きょとんとされた。

「うん。すごい可愛がってた猫が三匹いてる。せやけど、もう十年も前のことやで。なんで駿介が知ってるの？」

どれもオス猫で、茶トラ二匹と白黒の猫が一匹だったという。

「いや、何となくそんな気がしただけや」

「どっから猫が出てくるんの。話に脈絡がなさすぎるわ」

彼女が牛丼を食べている間も、猫たちは足にじゃれついていたが、そのうち視えなくなった。猫たちは、しばしおれの心を鎮めてくれた。

ひとみがきてくれないのは、もっと大切な人のところに現われているからだろう。それならそれでいい。優しくて気のいい彼女のことだから、あまりにも大勢が大切な人を失った東北の地に出向いて、ボランティアに勤《いそ》しんでいるのかもしれない。――まさか、それはないか。

通天閣に立つ女について、おかしなことを思いついた。彼女は生前親しかった誰かではなく、新世界という町、あるいは大阪そのものを見守っているのかもしれない。何故そんな奇特なことをするのかは想像の外だが、人には様々な事情と想いがある。

本気で芝居と向き合うことにした。座長に詰問した責任を取らなくてはならない。今、『俊徳丸』を舞台にかけるおれなりの理由が欲しいのだが、容易には見つからなかった。

荒れた稽古の翌日は、さすがに気まずかった。それでも乗り越えて進まなくてはならない。ようよう芝居になってきたが、クライマックスの解釈は曖昧《あいまい》なままだ。「これだったんや」と座長もおれも確信できるような形には届かない。

「要は、お客にその景色が見えるかどうかや。もっと大事なんは、おまえ自身に見えるかどうか」

相変わらずの演技指導に反発するのはやめた。おれとしては、俊徳丸に開眼させてやりたかった。どうせ条理に合わない物語なのだから、その方が収まりがいい。だが、いくら熱を込めて演じても手応《てごた》えは摑《つか》めず、稽古の後で真美に率直な感想を求めたら、「まだ見えてないね」と溜《た》め息をついた。小手先の工夫では伝わらないらしい。

面白くなってきた。

役作りにどれだけ有効かは判らないが、俊徳丸が歩いた道をたどってみることにした。バイトがなかったので、あくる日の午後、近鉄《きんてつ》大阪線の俊徳道《しゅんとくみち》駅に足を運んだ。急行が素通りする高架駅で、降りてみるとホームはがらんとしていた。駅名は俊徳丸にちなみ、稚児に選ばれた俊徳丸が四天王寺まで雅楽の修業に通った道を意味する。長者だった父が作った道。ここから四天王寺まで歩きながら、何かを発見しようという試みだ。

俊徳道駅は東大阪《ひがしおおさか》市に属するが、じきに大阪市内の生野《いくの》区に入り、軒並みが低い下町の風景が続く。ヨーロッパではあるまいし、中世の面影などどこにもないが、それでも道は変わらず四天王寺へつながっている。実在したかどうかも定かでない俊徳丸のこと、彼が通った正確なルートなど知るべくもない。都市整備でできた広い通りは避け、しきりに折れて曲がる昔ながらの道を、気の向くままに選んでいると、平野川《ひらのがわ》で生野俊徳橋という橋——何の変哲もないが——に行き当たった。時間がどれだけ非情でも、すべてを消し去ることはできないのだ。

やがて道はゆるやかな上りになる。JR大阪環状線のガードをくぐり、三時間近くをかけて夕刻に四天王寺の西門に到着した。時間を見計らってきたのだが、石の大鳥居の下に立って逢坂の方を望めば、曇り空が広がるばかり。

俊徳丸は、ここで日想観《じっそうかん》をした。沈みゆく太陽に祈り、西方浄土を見ようとすることだ。四天王寺の西門は、極楽浄土の東門と接しているとされている。その昔、大阪はここで果てて、その先は海だった。

夕焼けはなく、海は彼方《かなた》で、コンクリートで固められた街が灰色にくすんでいるばかりだった。永い時間が流れたのだな、という感慨が込み上げたぐらいで、何も得られないまま、おれはしばらくその場に留《とど》まった。

前日のゲネ——ドレスリハーサルでも芝居は仕上がらなかった。お客に披露できる水準に達したのかどうかも、真美曰《いわ》く「微妙」なところが残ったが、幕は役者を待たずに上がる。

「本番で完成したらええんや」

座長の表情はどこか沈痛だったが、おれはすっかり開き直っていた。芝居はある種の魔法だが、催眠術ではない。望むヴィジョンをそのまま観客に伝えられるというのは夢想だし、観客は与えられたものだけを受け取るのでもない。未完成な芝居であっても、感じてもらえるものがあるはずだ。

座長が健筆をふるったプログラムには、俊徳丸伝説の概要と日想観についての解説があった。折口信夫《おりくちしのぶ》の『身毒丸』にも言及し、寺山修司・岸田理生作の『身毒丸』がそれを原作としていないのみならず、説経節、謡曲、歌舞伎のどれもなぞっていないこと、舞台が大阪ではないことなどが書かれていて、観客の興味を喚起する。「で、〈黒水仙〉はどんな芝居を見せてくれるの？」という期待をふくらませる内容だ。

午前中の稽古を終え、弁当を掻《か》き込みながらプログラムに目を通していたおれは、「そうか」と呟《つぶや》いた。これまでは戯曲化にあたって、作者の選んだテーマに不必要だったせいだろうが、大阪はきれいに切り捨てられていたのだ。大阪で生まれ、何百年も伝えられてきた物語だというのに。座長はそれが不満だったのに違いない。

シアターコクーンで上演された際は、開放された舞台裏の搬入口から身毒丸と義理の母が渋谷《しぶや》の街に去って行っただと？

——勝手なことしてくれるやないか。

ならば、おれが俊徳丸を故郷に連れ戻してやろう。奮い立ってきた。

開幕ベルが鳴る。

客席の明かりが落ち、龍笛《りゅうてき》の細い音が場内に流れた。篳篥《ひちりき》と笙《しょう》がかぶさる。音響を操る調整卓《ミキサー》には、舞台に向けてひとみの写真が立てかけてある。

「かやうに候ふ者は、河内の国高安の里に左衛門の尉通俊と申す者にて候。さてもそれがし子を一人持ちて候ふを、さる人の讒言《ざんげん》により暮に追ひ失ひ候」

舞台付《いた》きの葛城が、通俊の名乗りをする。

すぐに出番がきて、おれは舞台に飛び出した。そして、いつものように他人の人生を生きる。限られた、濃密な時間と空間の中で。

踊り、跳ね、笑い、驚き、叫び、泣く。

芝居に没入しながらも、大丈夫だ、と判断できた。観客が理不尽な物語に引き込まれているのを肌で感じる。稽古《けいこ》はぐたぐただったが、この緊密な仕上がりはどうしたことか、と思うほどみんなの動きもいい。息を止めて、最後まで走り抜けられそうだ。

あっという間に一時間五十分が過ぎ、いよいよ親子が対面する場面がきた。春の彼岸の中日。ゆきずりの人を父と知らず、俊徳丸が身の上を語るうちに、わが息子と気づいた通俊が詫《わ》びながら抱きつく。演じる葛城は感極まったか、本当にむせび泣いていた。客席からも、すすり泣きの声が微《かす》かに聞こえてくる。

再び会えたのも観音様のお慈悲と喜びながら、親子は夕陽に向かって手を合わせた。おれは、瞑目《めいもく》したまま遠い遠い日の四天王寺西門からの眺めを思い浮かべる。ぼんやりと何かが見えてこなくてはならない。

目が見えた時に詠んだ歌を、俊徳丸は口にする。

「住吉《すみよし》の松の隙《ひま》より眺むれば月落ちかかる淡路《あわじ》島山《しまやま》」

上手袖《そで》から、他の役者たちによる地謡《じうたい》が流れてきた。

〽詠《なが》めしは月影の、今は入日や落ちかかるらん、日想観なれば曇りも波の、淡路絵島《えじま》、須磨《すま》明石《あかし》、紀《き》の海までも、見えたり見えたり、満目青山は、心にあり瞼《まぶた》の裏に光を感じた。炎の色をした光だ。

難波の海が残照に映えている。金波《きんぱ》の向こうに淡路島のシルエット、その右手には六甲の山並みが、滲《にじ》むように浮かんでくる。

客席がざわついた。

座長が土壇場で方針を改め、オレンジ色の照明を使ったのかと思ったが、そんなはずはない。幻の夕焼けが、観客の一部の心に出現したのだ。

おれは、俊徳丸の見たものを視ている。失われた美しく荘厳な風景を、わがものとした。歓喜に全身が顫《ふる》えてくる。

まるで朱色の紙に描かれた影絵だ。その中に、ぽつんと人の姿があった。

大阪の大地が崖《がけ》となって海に落ち込むあたり、ちょうど逢坂を上りつめたあたりに、ひとみが立っていた。逆光で顔がぼやけているけれど、彼女だ。微笑している。

——こんなところで待っててくれたんか。

ひとみの肩が、わずかに揺れる。

——視えるで。待たせたけど、やっと逢《あ》えた。

恐る恐る目を開けた。

失われた風景は、まさに眼前にある。頬には、陽のぬくもりを感じる。おれは、陶然となる。

だが、いつまでも見惚《みと》れていることはできなかった。

ひとみは小さく手を振り、溶けるように消えていく。できることなら呼び止めたかったが、それをこらえて見送った。

——またな。

やっと逢えたが、芝居は終わっていない。

枯野《かれの》

翁《おきな》の眼下にあるのは、枯れた芦《あし》の原だった。茫漠《ぼうばく》と広がり、その果ては没しようとする夕陽の色に溶けて定かでない。見渡す限り一面の枯野に人家はなく、人影も見ぬ。ただ、芦の海が音もなく風に揺らぐばかりの満目蕭条《まんもくしょうじょう》たる眺めである。

奇怪だった。視野いっぱいの雄大な風景であるのに生気というものがいっさい感じられず、冥府《めいふ》が地の底からせり上がってきたかのようだ。

現《うつつ》のことではない。幻を見ているのだ。

目覚めながら夢を見ているに相違ない。薄《すすき》ならいざ知らず、水辺に生える芦がどこまでも続く野などあろうものか。

そう思いながら立ち尽くす。

不吉な予感に気圧《けお》されて生唾《なまつば》を呑《の》もうとしたが、口の中が乾き切っているのか、何も喉《のど》を通らなかった。

これは、やがて自分が旅立つ野辺《のべ》。遠からず向かう先。

そう思ったとたんに悪心《おしん》が襲ってきて、肩が顫《ふる》えた。眉間《みけん》に錐《きり》で刺すような痛みを覚える。

「もう少し晴れていましたら海がご覧になれましたものを。あいにく雲が低うて夕焼けもくすんでおりますな。晴天なれば淡路《あわじ》の島影、能勢《のせ》や六《む》つの甲《かぶと》の山並みはもとより はるか播州《ばんしゅう》までもが望めることもございます」

傍らで声がして、翁は現の側に引き戻された。枯野は消え、はらりと幕の降りたごとく町が現われる。

「まことによき見晴らしで」

眩《まぶ》しいばかりに血色のいい泥足《でいそく》の顔が右にあった。

「ふむ」

ここは大坂の高台にある清水寺《きよみずでら》の境内。京都のものを模した舞台に立ち、浪華《なにわ》の町の殷賑《いんしん》を一望していたのだった。

手前は田畑が目立ったが、その向こうに繁華な道頓堀《どうとんぼり》や船場《せんば》の家並みがある。窓に明かりが灯《とも》り始める頃だ。夕餉《ゆうげ》の煙がそこここから立ち昇るのを見ていると、高津宮《こうづのみや》から町を遠望した仁徳帝《にんとくてい》の大御心《おおみこころ》が偲《しの》ばれた。

長屋にいたるまですべて瓦葺《かわらぶ》きで、江戸のような板葺《いたぶ》きの家はない。豊かなのだ。

左手に顔を向けると、こんもりとした木立の中に社が見えた。翁の視線をたどった泥足がすかさず案内をする。

「あれにございますは、太宰府《だざいふ》に流される前に菅公《かんこう》が立ち寄られた安居《やすい》の天神にございます。大坂の陣で討ち死にした真田公《さなだこう》の終焉《しゅうえん》の地としても知られておりまする」

江戸者ながら大坂者になりきった口上だ。返事をせずに軽く頷《うなず》くと、泥足は声を低くした。

「いかがいたしましたか、老師。お顔の色がよくないようにお見受けしますが。秋風がお寒いのでしたら、ここは引き揚げて茶屋に参りましょう」

大坂に入ってから体調が優れぬことは門弟たちの知るところだ。泥足の気遣いに、翁は「そうだな」と応《こた》えた。

「なかなかの佳景《かけい》で、浪華の賑《にぎ》わいもよう判った。江戸ほどではないが、まことに大きな町だ」

景色に背を向ける。悪心と頭痛はもう鎮まっていた。

「晴々《せいせい》が茶屋はすぐ近くでございます。その二階から暮れた町を見下ろすのも結構なものです」

「では、ゆるりと参るか」

ともに舞台からの眺望を楽しんでいた門弟らも動きだす。宗匠《そうしょう》を囲んでの歌仙を前に気分が弾んでいるのか、喋々《ちょうちょう》となごやかに語らっている。そんな彼らの期待に応えねばならぬ、と思うと翁の心は安らかではなかった。

そもそも故国、伊賀上野《いがうえの》を発《た》って大坂にやってきたのは翁の希望にあらず。この地に移った門弟の洒堂《しゃどう》から熱心に招かれて腰を上げたのだ。しかも本当の目的は、膳所《ぜぜ》から乗り込んできて調子にのった彼と、大坂で蕉門を担おうと目論《もくろ》んでいた之道《しどう》のいさかいを仲裁するためだ。あじきなく足を運ぶ羽目になった次第で、どこまでも気の重さがつきまとう。

われながら不思議なほど性急に大坂に入った。九月八日に伊賀上野を出発。奈良《なら》で一泊し、翌日は早朝に宿を出て、駕籠《かご》、馬、駕籠と乗り継いで国境の暗《くらがり》峠《とうげ》を越え、上弦の半月を仰ぎながら河内《かわち》平野を横断。やがて降りだした雨に濡《ぬ》れながら徒歩で大坂に着き、最後はまた駕籠で洒堂の家にたどり着いた。同道した門弟の支考《しこう》、素牛《そぎゅう》や従僕の次郎兵衛《じろべえ》、又右衛門《またえもん》も、何故かほどに急ぐのか、と訝《いぶか》しんだやもしれぬ。

翁自身も不思議だった。伊賀から大坂まで十七、八里。道中、得体の知れない何かに縄で引かれるような心地、あるいは凶暴な何者かに背中を押されるような心地がした。門弟同士の喧嘩《けんか》の仲裁という面白くもない用ゆえ、なるだけ早く片づけてしまおうという気持ちが自分を急き立《せ》てたのか。

かような俗事に振り回されるとは情けない。されど、放っておけば大坂の分裂が全国に広がり、蕉門が存亡の危機に立ちかねず、そうなったらこれまで三十余年をかけて営々と積み上げてきたものが烏有《うゆう》に帰す。

ただでさえ、ひたすら風雅のまことを希求する師の志にそむき、師が達した軽みの境地をいくら説いても解そうとせぬ者たちの離反が目立つようになっている。江戸の其角《きかく》や嵐雪《らんせつ》、名古屋の荷兮《かけい》らのことを思うと、腹立たしい。緩んだ箍《たが》を締め直すために、大坂のいさかいは是が非でも円満に治めねばならぬのだ。

そう思い、大坂に着くなり揉《も》め事の張本人たる洒堂と之道をまじえた歌仙を三度も巻いたが、両人が和解する兆しはなかった。師の気持ちは通じず、徒労感がある。

門弟になったのがひと足早かったとはいえ、年長の大坂者である之道に対して洒堂がもう少し遠慮を示すのが礼儀だと思いつつも、翁としては技量で勝る洒堂に肩入れしたかった。之道は、蕉風《しょうふう》を学ぶことに熱心で人柄も温厚であったが、風趣を摑《つか》む力が弱くて俳風が小さく、ときに佳句を詠むが手放しで褒められる秀句が作れない。また、おとなしいのかと思えば、一介の薬種商でありながら浪速俳諧《はいかい》長者を僭称《せんしょう》するあつかましい一面も持ち合わせていた。

あれやこれや鑑《かんが》みて、大坂で蕉門を広められるのは洒堂と判断し、三度の歌仙でその力量の差を之道当人に自覚させようとしたのだが、苦労は実らなかった。之道にも意地があるのだろう。

まず無駄であろうと思いながら、今宵《こよい》、泥足の肝煎《きもい》りで四度目の歌仙を巻く。もはや翁は、ほとんど何も期待していなかった。気になるのはおのれの体調だけだ。なるだけ早く大坂を離れ、ひとまず兄半左衛門《はんざえもん》がいる伊賀に戻りたい。老兄にまだ手渡していないものがあるのだ。それを託したら遷宮のある伊勢《いせ》神宮に参り、かねてより訪ねてみたかった長崎《ながさき》へと出立したい。あの地の出で、今は京の落柿舎《らくししゃ》の主《あるじ》である去来《きょらい》にもその望みを伝えてある。しかるべき取り計らいをしてもらえるだろう。

また、其角や嵐雪を江戸に訪《おとの》うた帰路、翁に会うため大坂に立ち寄った泥足は長崎通事だ。彼の助けも借りるつもりでいた。やれ面倒ながら、そのためにも今宵の歌仙を無事に仕切らねばならぬのだ。

旅心とは、つまるところまだ見ぬ地への憧《あこが》れである。孤愁との戯れである。齢《よわい》五十となって心身は老いていくとも、未知への憧憬《しょうけい》は衰えてはいないし、透徹した淋《さび》しさの中で得た風雅こそ美しく尊い。

だから、まだ旅をせねばならぬ。せめて今ひと度の旅を。長崎に行けば、蕉風の最後の境地に達することができそうに思える。

「いかがなさいました」

歩みが遅くなっていたようだ。泥足が振り向いて尋ねた。

「ちょっと思案することがあって、ゆっくりと歩いている。かまわず先に行きなさい。

茶屋はすぐそこであろう」

「左様でございますか。なれば」

泥足は足を速め、前を行く者たちに追いついた。すでに黄昏《たそがれ》となり、門弟らの後ろ姿は半ば影と化している。

晴々亭《せいせいてい》は清水寺を出てすぐの坂の上にあった。細い道を渡れば、もうそこだ。四天王寺や清水寺の参詣者《さんけいしゃ》を当て込み、景色のよい高台の端に店を構えたのだろう。茶屋と聞いていたが、富商の泥足が段取りしただけあって総二階の立派な構えの料亭である。

門弟らの先頭は、すでにその門に達しかけていた。あまり遅れてはいかんな、と歩幅を大きくした時。

陣笠《じんがさ》を目深《まぶか》にかぶり、杖《つえ》を手にした男が東から通りかかる。笈《おい》を背負って腰には脇差《わきざし》を佩《は》き、手甲《てこう》、脚絆《きゃはん》に草鞋《わらじ》履きという旅姿だ。見覚えがある影の不意の出現に、翁は胸を突かれて足を止めた。全身の毛孔《けあな》が瞬時に開いて、襟足から氷水を注がれたかのような寒気がする。

刮目《かつもく》していると、あろうことかその影は、一団となった門弟たちを通り抜けてしまった。半身になってかわしたのではなく、まるで何もなかったかのように門弟らの体を突き抜けたのだ。

最早《もはや》はっきりとした。何のあやかしか知らぬが、この世のものではない。

恐ろしさに堪えながら、翁《おきな》は影が去った西の方を見やった。陣笠を小さく上下させながら、そのものはしっかりとした足取りで坂を下っていく。行く手にあるのは大坂の町でも村里でもなく、寂々たる芦《あし》の野辺だった。

慌てて顔を伏せた。その弾みでずれた宗匠帽をかぶり直してから面《おもて》を上げると、枯野はなく、坂を下りきったか影も見えなくなっている。

鞴《ふいご》のように速くなっていた呼吸を整えた。

伊賀を出て以来、影を見かけたのはこれで五度目のこと。最初は、城下のはずれで佇《たたず》んでいた。二度目は、笠置《かさぎ》から木津川《きづがわ》下りの舟に乗りかけた際に築堤の上を歩いていた。三度目は、馬の背に揺られながら昼なお昏《くら》い暗峠にさしかかるあたりで追い抜いた。

ただそれだけなのに、ぞっとさせるものがあり、大坂に着いてからも折にふれて頭をよぎって胸が騒いだ。これまで幾度も旅をして、風変わりなものをさんざん見聞きしてきた翁にとっても、かようなことは初めてである。

大坂に参着した頃から体の様子がおかしくなったのも、あのものを見たせいでは、と疑われた。洒堂は、その腕いかばかりか不明ながら医者と称している。頭痛と悪寒を訴えるとありきたりの敗毒散《はいどくさん》を勧められたが、症状は一向に好転しなかった。腹も痛みだしたので癪《しゃく》の薬を服《の》み、二十日頃にようやく落ち着いた。散々である。

そんな憂鬱《ゆううつ》な日々に、洒堂と之道を和解させるための句会を二度持ったが、その甲斐《かい》はなかった。もうたくさんだ、という気にもなろうというもの。

ことに苦しかったのは十三日の夕刻から夜だった。その日は朝から調子がよかったので、やれ気晴らしに、と摂津国《せっつのくに》の一之宮《いちのみや》である住吉《すみよし》大社で催される宝の市に出掛けた。夜には、畦止亭《けいしてい》で洒堂と之道をまじえた句会が用意されていたが、そんなことは忘れて賑《にぎ》わいの中に身を置き、縁起物の一合升を購《あがな》って「升買《かう》て分別かはる月見かな」と詠んだ。

雨が降りだしたので、池の端の茶店に入って様子を見ようとしていた時。升を膝《ひざ》に置いて顔を上げれば、朱塗りの反橋《そりばし》の上に、あのものがいた。

傘を広げて上り下りする人の流れから超然として、床几《しょうぎ》に掛けた翁を見ていた。顔は陣笠に隠れていようとも、そのまなざしの先が自分であることは明らかだ。

これで四度目。只事《ただごと》ではない。

おのれの首筋が粟立《あわだ》っていく音すら聞こえるように思えた。池の水面《みなも》から瘴気《しょうき》が立ち上る幻が見えて、にわかに頭が重くなる。

見てはならぬ。

そう思いながらも、そのものから目を引き剝《は》がすこともできない。恐ろしいがゆえに、またどこかしら見覚えがあるような気がするゆえに正体を見極めたい気持ちもあった。

朱色の弧が水面に影を落とす反橋に立ったものは、杖を右手に身じろぎもしなかった。が、やがて左手が上がったかと思うと、陣笠の庇《ひさし》を摑んでおもむろに持ち上げようとする。

隠れていた顔が露《あら》わになる寸前に、たまりかねて翁は面を伏せた。何者かを知ると取り返しのつかぬことになる。そう恐れて正視できなかった。

頭痛と悪寒で吟行どころではなくなり、急いで洒堂宅へ戻ってからも脂汗を流して苦しんだ。無論、当夜の句会は中止である。夜半を過ぎて眠りに就けたかと思うと、陣笠の男が夢に現われて目覚めるということを繰り返し、明け方になってやっと熟睡できた。

翌日には恢復《かいふく》し、「升買て」を発句に畦止亭での句会を捌《さば》くことができたが、あのものと病に関係がないわけがない、という疑いが心に刻まれた。この次はいつどこに現われるのか、戦々恐々としていたものの、四六時中ずっと意識しておれるものでもない。

またも忘れた頃に出くわしてしまった。

此度《こたび》の姿が最も茫洋《ぼうよう》としていたが、五度目にしてやっと確信できた。無気味でありながらどこか近しいものを感じさせるその影は、鏡に映したごとく翁自身に瓜《うり》二つだった。

あれは自分だ、と認めざるを得ない。茶色ずくめの出《い》で立ちも、おのれの好みと符合している。

魂魄《こんぱく》が肉体を離れ、旅姿でさまよっているのか。だとしたら妄念の化身、生霊ということになる。

いや、それは、とかぶりを振って打ち消した。そのようなことが乾坤《けんこん》にあるのを信じるより、心身の不調が見せた幻と考えるのが自然だ。病が人にあらぬものを見せるのは決して珍しいことではない。あのものは病の原因ではなく結果なのだ。

あらぬものが目に映るほど心が萎《な》えているのも無理からぬ。去年の三月には甥《おい》の桃印《とういん》が虚《むな》しくなった。この元禄《げんろく》七年（一六九四）六月には次郎兵衛の母であり、旅を住処《すみか》として家庭を持たなかった翁が生涯で最も睦《むつ》んだ寿貞《じゅてい》が鬼録に登った。いずれも預けてあった江戸深川《ふかがわ》の芭蕉庵《ばしょうあん》での最期である。無常の念甚だしく、思い出せば秋風が胸の中を吹き抜けていく。

そんな悲しみの底にあっても、立ち止まることは許されなかった。有力な門弟が師についてくるのに倦《あぐ》み、江戸で名古屋でめいめいの成功を手に離反し、あざとい談林《だんりん》派の町人俳諧《はいかい》が幅をきかす上方の俳風を一新することいまだならず、大坂の門弟らはいがみ合って、蕉門の屋台骨が音をたてて軋《きし》んでいる。さすがに疲れたが、ここを正念場と心得て踏ん張るよりないのだ。

唇をきつく結んで歩きだした。洒堂と之道の反目が解消せずとも、目の前の歌仙を上首尾に治めねばならぬ。泥足は、大坂の書肆《しょし》から板本《いたほん》にして出したがっている。さて、どういう発句にすればよいだろうか。

暗峠の馬上で詠み、昨夜、意専《いせん》と土芳《とほう》に宛てて出した書状に記した句があった。

此道《この》を行《ゆく》人なしに秋の暮

『唐詩選』にある耿湋《こうい》の五言絶句の後段「古道少人行　秋風動禾黍」を連想されると作為と取られかねないが、今宵の連衆《れんじゅ》らはそこまで勘繰るまい。今の翁の心持ちが反映したものと取ってくれようし、また事実、この句は作為から遠く離れたところで自然に湧いたものである。

あれは伊賀を発った翌日。重陽《ちょうよう》、九月九日の夕刻のこと。南都の暮れかかった道はうねうねと曲がりくねって延び、人の気配がなかった。その委蛇《いだ》たる道を通りかかった折、翁は激しい不安に襲われた。伊賀と笠置で見かけた気味の悪い陣笠《じんがさ》の男が、今にも道の向こうから歩いてくるのではあるまいか、と。

「行人なし」と詠んだのは、そんな恐れを払うためだった。句の力で禍々《まがまが》しいものとの遭遇を止めようとして、このような秀句が得られるとは。巧《たく》まずして近頃の心の有り様を表わす句になっている。

だが、言霊《ことだま》の力は働かず、再会は避けられなかった。暗峠でその背中を見、傍らを通り過ぎる時は固く目を閉じて身を縮めた。そして、此度の旅が不吉なものになることを覚悟したのである。

できた経緯など語らずともよい。「此道を」にするか「此道や」とするか、あるいは別のものが発句にふさわしいか迷うところはあったが、道の端で立ち止まったままでもおれぬので、料亭の門をくぐった。

「よくぞおいでくださりました。光栄至極にございます」

主《あるじ》の晴々こと四郎《しろう》右衛門《えもん》が慇懃《いんぎん》に出迎えた。晴々は俳号で、風流を愛するらしい。歓迎の言葉に誇張はないようで、満面に邪気なく喜色を表わしていた。

二階に上がってみると、座敷の襖《ふすま》が取り払われて大広間となっている。黒塗りの膳《ぜん》が並んで宴の支度は整い、九人の門弟らは翁が着座するのを待っていた。奥の障子は閉ざされていて見事な景色とやらを観ることはできなかったが、今宵《こよい》は月の出が遅いからどうせ暗くなった町しか望めないだろう。

歳寒三友《さいかんさんゆう》を画題とした掛け軸を一瞥《いちべつ》してから上座に着く。見渡すと、洒堂と之道は斜め向かいに座して、互いに目を合わさないでいた。なお、わだかまりは大きいと見るよりない。翁《おきな》には、その二人だけが周囲から隔たり、ぼおと浮き上がって見えた。大柄で陽性の酒堂と小柄で温和な之道。見掛けも性格も対照的でありながら、シャドウとシドウ、名だけは皮肉なほど似ている。

開宴の前に主の四郎右衛門からあらためて挨拶《あいさつ》を受け、さっそく丁重に句をせがまれた。返礼の挨拶句をひねるのは毎度のことであるし、風雅だ風趣だと言っても、守《も》り立ててくれる者たちの期待に応《こた》えて奉仕することが宗匠の務めと心得ている。庭の松の古木を自慢としているであろうから、それを織り込むのがよかろう。

松風《まつかぜ》や軒をめぐって秋暮れぬ

はせをと署名して短冊を渡すと、四郎右衛門は低頭し、「家宝といたしまする」と押しいただいた。これであとは存分に饗応《きょうおう》を受ければよい。

「つまらぬものでございますが、お目にかけたき品が」

伏見《ふしみ》や伊丹《いたみ》の名酒と一緒に珍しい杯が運ばれてきた。主が蒐集《しゅうしゅう》している貝だという。座が沸いた。

「これで一献という趣向か。それも風流なこと」

翁は、ひときわ大きな鮑貝《あわび》を取って賞翫《しょうがん》した。貝殻の穴は丁寧な細工でふさいである。そうせねば杯として用をなさぬは道理だ。さらに大ぶりのものの手配がついたので、この次においでいただいた時にご笑覧いただきたい、と言いながら主は瓶子《へいし》を取り、鮑の杯に酒を注《つ》いだ。

「さあ、皆様もどうぞ」

奇貝での乾杯となった。美酒を喉《のど》に落として、翁は感慨を覚える。伊賀上野の釣月軒《ちょうげつけん》に寄寓《きぐう》していた折、上野の俳士の発句に自句をまじえて句合わせとし、初めての本を作り、『貝おほひ』と名づけて上野天満宮に奉納した。俳人としての人生はその本に始まる。それを思い出す一方、珍《めずら》かさを競う貝の杯を前にして、命の終わりが近いことを耳打ちされたような思いに囚《とら》われたのだ。

つまらぬことを、と鼻を鳴らした。この後の俳席のことを考えねばならぬのに。

右隣に座った支考を片手で招き、発句について意見を求めた。「此道や」とした句とともに、これも先日作った「人声や此道かへる秋の暮」も聞かせたところ、支考の答えは明確だった。

「『此道や』がより優れているかと。未踏の境地を行く老師のお心が映された句で、深い感銘を受けます」

「そうであろうか」

親子ほども齢《とし》の違う弟子は、「名句にございます」と言う。俊邁《しゅんまい》さを表わしながら時に冷たくも見える目許《めもと》に、微《かす》かな笑みが漂っていた。本心からの感想であろう。

支考は自らについて多くを語らない。美濃《みの》の出で、翁と同じく僧門に入ろうとしたことがあると聞いた。僧形《そうぎょう》で通しているから、今も僧籍を離れていないのだろう。門弟となって三年余にしかならないが、今では彦根《ひこね》の許六《きょりく》と並ぶ蕉門切っての論客であった。

「ならば、こちらを採るとしよう」

歌仙は、句を連ねるうちに趣がどれだけ変化していくかで面白さを出すものだ。この句はそれだけで完結してしまっているようにも思うが、支考が認めるならばよかろう。懸念を捨てて、「所思」と題した。

発句も決まったので、心置きなく料理に箸《はし》をつける。伊賀上野の生まれで、東国と西国を行き来してきた翁にはどの皿のものも美味であったが、この淡い味が江戸者の口に合うかどうかいささか怪しんだ。

翁は、ここでもう一句を詠む。その朝から苦吟していたものをようやく形にできたのだ。

此秋は何で年よる雲に鳥

草を枕としてきたおのれの境涯を、うつろい流れるものに託そうとして、探しに探し選びに選んで摑《つか》んだのが「雲に鳥」である。できた時はうれしかったが、言ってみれば心身の衰えから湧いた句だ。「旅懐」と題す。

腹がふくれ、ほどよく酒が回ってから歌仙が始まる。「此道や」の発句は喝采《かっさい》を浴び、翁は満足した。

「あまりによき発句に続けるは、まことに難儀」

朗らかに笑いながら、今宵の亭主である泥足が「岨《そば》の畠の木にかかる蔦《つた》」と脇をつけた。支考は「岨」に掛けて「月しらぬ蕎麦《そば》のこぼれに鳥の寝て」と受ける。游刀《ゆうとう》が「小き家を出《いで》て水汲《く》む」と転がしたところで、之道が「天気相羽織を入《いれ》て荷拵《にごし》らへ」と小声で詠んだ。洒堂は腕組みをしたまま鷹揚《おうよう》に頷《うなず》いている。

連衆たちはそれぞれにこの席を楽しんでいるようだったが、翁は白々とした気分だった。悪寒や頭痛は治まってきていたが、心は陰鬱《いんうつ》に曇って、ぽつんと取り残されたように孤独だ。まさに行く人なし、と自嘲《じちょう》したくなる。

宗匠というのは、連衆の輪の中にあって置物の恵比須《えびす》、大黒のごとく微笑んでいればすむものではない。出された句に適切な評を加え、連句が途切れそうならば助け船を出すことも必要だ。が、今の翁はそれも億劫《おっくう》だった。

「お体の具合はいかがでございますか」

黙っていると、支考が囁《ささや》くように尋ねてきた。それとなく老師の顔色を窺《うかが》っていた

らしい。

「あまりよろしくはない」

支考は、なお声を低くして言う。

「いけませぬな。かねて案じておりました。老師は洒堂が家を仮の旅宿となさってい

ますが、それはいかがなものでしょう」

「之道が面白がっておらぬ、と言いたいのか」

手狭で騒がしいであろう薬問屋に投宿することを厭《いと》ったまでだ。心が洒堂に傾いて

いたせいでもあるが。才能に非凡なところがあるだけでなく、翁にとって洒堂は、鼾《いびき》

が可愛く聞こえるほど憎めぬ男だった。

「いえ、そうではなく……あの者は医者と申しておりますゆえ、お体の調子が優れぬ

老師のお世話が行き届くと思っておりましたが、お見受けしたところ、大坂にご参着

なさって以来、老師はいっかなよくなる気色がございませぬ。洒堂には、ちゃんとし

た医の心得があるのでしょうか。老師もご存じのことながら、そもそもあの男は眼病

持ち。医者が務まるものか疑念がございます。大切な老師を藪《やぶ》医者に看《み》させるわけに

はまいりませぬ。逗留《とうりゅう》先をお移りになり、医者を替えた方がよいのでは、と惟然《いぜん》が申

しております。わたくしも同感でございます」

師をいたわる心映えが伝わってきた。忝《かたじけな》く聞かねばなるまい。「考えておこう」と短く答えて、貝の杯から酒を啜《すす》った。

「なれど」

支考は何か言おうとして、言葉を呑《の》み込んだ。遠慮をしたのではなく、師の判断に運命《さだめ》を委ねたのだろう。

車庸《しゃよう》の「酒で痛のとまる腹癖」の後に、洒堂が「片づかぬ節句の座敷立かはり」と詠んだ。翁は杯を置き、そっと嘆息する。さんざん骨を折らされているうちに、洒堂を可愛く感じる気も失《う》せてきていた。

昨夜、翁は膳所の曲水《きょくすい》に宛てて書状を認《したた》めた。そこに書いた一文を反芻《はんすう》する。

「さて洒堂一家衆、其元御衆《そこもとおんしゅう》、達而《たって》御すすめ候ニ付、わりなく杖《つえ》を曳《ひき》候。おもしろからぬ旅寝の躰《てい》、無益之歩行、悔《くやみもうすばかり》申計ニ御座候」

身も蓋《ふた》もなく本心を吐露したものだ。同じく膳所の正秀宛《せいしゅうあて》の書状では「之道、洒堂両門の連衆打込之会相勤候。是より外に拙者働きとても無御座候《ござなくそうろう》」と突き放した。

うんざりであった。でき得る限りのことを果たしたのに、いつまで大坂にいなくてはならぬのか。帰心は強まる一方だったが、明日もまた句会が用意されている。

呻《うな》りながら頬に手を当てると、酔ったわけでもないのに火照《ほて》って熱かった。

翌九月二十七日。

難波橋《なにわ》に近い園女亭《そのめてい》で歌仙が巻かれた。昨夜の茶屋とは打って変わり、両替商が立ち並ぶ街中で、算盤《そろばん》を弾《はじ》く音が聞こえてきそうなところだ。そこに至る堺筋も商舗が軒を連ねているため、翁《おきな》は迎えの駕籠《かご》に揺られながら浪華の活気を肌で感じた。

園女は伊勢山田《いせやまだ》の神官の娘で、医師の夫も渭川《いせん》の号を持つ門弟である。この日は園女を亭主とし、洒堂と之道を含む九人が参加した。今日は門弟の舎羅《しゃら》を連れてきているせいか、之道は機嫌がよいようだ。

才媛《さいえん》の園女への挨拶句《あいさつく》にもなる「白菊の目に立てて見る塵《ちり》もなし」を発句とし、歌仙が始まる。園女、之道、渭川と付句《つけく》し、以降もなだらかに続いていった。之道と洒堂は、打ち解けぬまでも互いの確執を晒《さら》すこともなく、穏やかな句会となる。

これでよし、と安堵《あんど》した翁は、園女が用意した心づくしの馳走に舌鼓を打った。昨夜の熱も引いて頭痛や腹痛も去り、食が進む。ことに秋らしい茸《きのこ》の料理が美味だった。

その翌日には、再び住吉の畦止亭で歌仙を巻くことになっていた。翌々日は、再び芝柏亭《しはくてい》での歌仙を、との打診を受けている。なかなか気も心も休まらず、音を上げたくもなったが、興行をこなさなければ謝礼が入ってこないし、泥足が大坂で編みたがっている本も出ない。園女亭から帰った翁は、早めに床に就いた。

亥《い》の刻（午後十時頃）には寝ついたが、夜半に目が覚めてしまう。薄目で天井を見上げていると、足許に誰かが立つ気配を感じた。人が入ってきたにしては、障子が開閉せぬのに面妖《めんよう》である。どうしたことかと頭を持ち上げて見ると、障子越しに射す月星の明かりを背に、あのものがいた。

旅姿のまま杖を右手にし、脱いだ陣笠《じんがさ》を左手に提げ、じっとこちらを見下ろしている。面輪《おもわ》は墨で塗りつぶしたように真っ黒だったが、剃髪《ていはつ》した頭も形といい頰から頤《おとがい》にかけての輪郭といい、おのれとそっくりだ。

わが影法師よ、とうとう閨《ねや》にまで押し入ってきたか。

翁の体は硬直して、指一本たりとも思うままにならぬ。瞼《まぶた》すら降ろせないのだ。かろうじて眼球《まなこ》は動いたが、顔の向きが固まってしまっているのだから、影を視野の外にやることもかなわずにいた。

何故に付きまとうのだ。病をもたらすためなのか。

口がきけたら借問《しゃもん》したかった。強烈な恐れはある。が、翁はそれだけに支配されておらず、影の正体を知りたいという欲求、助けを求める気持ち、なるようにしかならぬのだという諦念《ていねん》、さらには一抹の怒りが胸中で揉《も》み合っていた。

よほどして影は振り向き、答えを与えてくれるかもしれない、という翁の希望を挫《くじ》いた。黒い背中は歩きだし、障子を開けることなく部屋を出て行く。立ち去ったのではない。影が障子のすぐ向こうの廊下に立ったままいる気配を感じる。

洒堂の家を出てちゃんとした医者に看てもらうのがよい、と支考に勧められた。考えておく、と答えたが無駄である。自分を苛《さいな》んでいるのはありきたりの病ではない。影が患っているのだから、どんな名医でも薬の処方ができまい。

廊下でじっとしていた影は、また歩きだしたようだ。しかしすぐに足が止まり、誰もいない隣の六畳間に入っていく。何も見ずとも、聞こえずともそれが判る。

壁一枚を隔てた隣室に影は留《とど》まった。翁の金縛りは依然として解けない。時間の見当はつかなくなっていたが、すでに半時ほども過ぎただろうか。

没義道《もぎどう》な。これでは生殺しだ。

この理不尽に抗《あらが》えるのは、頭脳しかなかった。肉体がままならずとも、意識が清明であれば句を詠むことはできる。おのずから湧き出すように、句が生まれた。

秋深き隣は何をする人ぞ

作為の欠けらもない、微塵《みじん》も衒《てら》うところのない句だった。これぞ軽みの手本としたいような出来だ。杜甫《とほ》の七言絶句に似た興趣のものがあったような気もするが、この類似は偶然でしかない。

得たり、と思った次の瞬間、翁の口許に莞爾《かんじ》と笑みが浮かんだ。体が自在に動く。やれ、ありがたや。木偶《でく》から人間に戻れた。

そう喜んだのは束《つか》の間のこと。木偶でいる間は消えていた恐怖が甦《よみがえ》り、息遣いも脈も大きく乱れた。

先ほどの影は前触れだ。これから病はさらに重くなるのだ、と理外の理が告げる。長崎に行くどころか郷里に帰れるかどうかも怪しくなってきた。

釘《くぎ》づけされて大坂から出られぬのか。ああ、口惜しい。こうなると知っていたら、泣きつかれても来るのではなかった。よりによって大坂で病に臥《ふ》すとは業腹《ごうはら》な。こんなところで死にとうないわ。

大坂にくると碌《ろく》なことがない。六年前にも唐招提寺《とうしょうだいじ》で鑑真和上《がんじんわじょう》像の御開帳を拝んだ後、大坂に立ち寄った。『笈《おい》の小文《こぶみ》』にも書いたが、その時は天満《てんま》の宿に逗留《とうりゅう》して難儀をした。相性が合わぬということか。

すぐに大坂を出られないとしても、支考の勧めどおり洒堂の許《もと》を離れた方がよさそうに思えてきた。死神が入ってくるような部屋で寝るのは御免蒙《こうむ》りたいし、別の医師の手に掛かりたい。世話になるとしたら、之道のところか。

翌日に畦止亭で催された句会の出席者は、翁の他に支考、洒堂、之道、惟然、泥足、畦止。七種の恋を題材にしためいめいが発句し、まずは無難にすんだ。その折、宿替わりについて之道にこっそり話したところ、「ぜひに」と揉み手で招かれた。その旨を洒堂に伝えると、さすがに愉快ではなさそうであったが、師を独占するわけにもいかぬ、と諦《あきら》めたようだ。波風が立たずにすんで、翁は胸を撫《な》で下ろした。その席上で、芝柏亭での句会のための発句は「秋深き」に決める。

翌朝、翁は逃げるように洒堂の家を去り、道修町《どしようまち》にある之道亭の人となった。気分が変わって容態がよくなることを期待したのだが、これは裏目に出た。午後から腹痛で苦しむようになり、夜になってこれまでになく激しい泄痢《せつり》が始まったのだ。

園女亭で食した茸がよくなかったのではないか、という声が上がり、園女と渭川は蒼《あお》くなったが、そうではないことを翁は直感で知っていた。影の患いがなせることだ。芝柏亭の俳席は当然にも中止され、人手を借りて日に五十回も厠《かわや》に行かねばならぬ事態に陥る。

畦止亭で催された七人半歌仙が、翁にとって生涯で最後の句会となった。

崇敬してやまぬ西行《さいぎよう》は「津の国の難波の春は夢なれや蘆《あし》のかれ葉に風わたるなり」と歌った。

翁も、風に揺れる枯れた芦の原を見ている。ただし季節は春ではなく秋、いや、いつとも知れぬ眺めだ。そして、西行が耳にしたであろう葉擦れの音は聞こえない。

清水寺の舞台から見た枯野の幻が、時折ちらちらと浮かぶようになった。やがて行く野辺であることを繰り返し教えられているのだろう。

あからさまにしなかったが、翁は大坂を好ましく思っていなかった。恨んでいる、あるいは憎んでいると言えたかもしれない。

滑稽味《こっけいみ》を楽しむだけのものだった俳諧《はいかい》を和歌に匹敵するものに高めんとの野心を抱き、師の季吟《きぎん》の許を巣立って江戸に出た。因習で固まった京に若輩の自分が割って入る余地はなさそうであったし、井原西鶴を持て囃《はや》す大坂にも足は向かなかった。

かつて去来に俳論を語った折、「今日のさかしきくまぐままで探り求め、西鶴が浅ましく下れる姿あり」と悪しざまに言ったのは、あの俗臭芬々《ぞくしゅうふんぷん》として下卑た調子が苦々しかったからだが、本当にそれだけだったのか。顧みれば、その人気に怯《ひる》んだにすぎないような気もする。打算である。

翁の高弟には、藩士、富商、医者ら各地の名士が名を連ね、その多くは幕府とつながっている。これも打算の匂いがするではないか。お上の顔色をちらちらと窺《うかが》い、ご威光に添った句を詠んだ覚えもある。風紀紊乱《ぶんらん》の咎《とが》で仕置きを受けかねぬ好色本を書いた西鶴の放埒《ほうらつ》と反骨は、自分にはない。持たぬのではなく持てなかった。

西鶴は去《い》んぬる年に世を去り、まみえる機会はなかったが、かの戯作《げさく》者とは一方的に因縁を感じる。江戸に下った理由の一つが西鶴の存在でもあったし、天和《てんな》二年（一六八二）に江戸本郷《ほんごう》の八百屋お七《しち》が起こした大火も災いしている。あの火事は芭蕉庵にも及んで翁《おきな》は焼け出され、西鶴は『好色五人女』の題材として浮名を上げた。はなはだ面白くなかった。

一昼夜でいくつ句が詠めるか、という矢数《やかず》俳諧なる曲芸もおぞましかった。西鶴が生國魂神社《いくくにたま》にて口拍子に合わせて千六百句をまくしたてたのを皮切りに痴《し》れ者同士の競争となり、西鶴が住吉大社で二万以上を独吟したことで決着がついたという。それだけなら阿呆《あほう》の悪洒落《わるじゃれ》と嗤《わら》っておれるが、件《くだん》の興行で其角が立会人となったと知り、高弟と西鶴に揃って侮辱されたように感じたものだ。

だが、そんなことはもうよい。西鶴には認めがたきことが多々あるが、あの男は芭蕉ではなかったというにすぎぬ。

病がここまで進むと苦しみも飼いならせるのか、ふと安らかさを覚えるし、頭は濁るどころか明晰《めいせき》だ。

軽みを解せぬ門弟らの想いも、今になって斟酌《しんしゃく》できる。俗を遠ざけて高雅を求め、それで名を成した師に、利口ぶらずに平俗でさりげない事象から奥深きものへ至るように言われ、こんなものですか、と詠めば「これはよし。それはよろしからず」と断じられて、どこが違うのかと戸惑っただろう。「それは老師にしか見極めがつきませぬな。老師のご機嫌次第ですな」と言いたげな者もいた。桃青《とうせい》と号していた頃の自分自身に語ったら、同じ反応をしたであろう。門弟らの気持ちを汲《く》み取った上で、もっと丁寧に唱導するべきであったか、と。

そんな自分を最後まで敬い、慕ってくれる者たちが次々に参集してくれている。何と幸せなことであろう。

療養、看護をするのに之道亭では狭すぎるということで、翁は十月五日に花屋仁左衛門《はなやにざえもん》亭の貸座敷に移った。南御堂《みなみみどう》（東本願寺難波別院）にほど近い屋敷の離れである。

病状はいよいよ厳しくなり、老師の重篤を伝える書状が各地に送られた。それを受けて、七日には膳所の正秀が、京の去来が、大津の乙州《おとくに》、木節《ぼくせつ》、丈草《じょうそう》が、彦根《ひこね》の李由《りゆう》が馳《は》せてくる。医者である木節は持参した薬を祈るような面持ちで師に投じたが、容態の改善はみられなかった。

翁は手を借りて厠に立つこともできなくなり、之道の門人である呑舟《どんしゅう》、舎羅の二人が不浄の世話に当たる。他の者が用なく座敷に入ることは禁じた。

之道は住吉大社などに参詣《さんけい》に回り、他の門弟らも発句して師の快癒を一念に願う。それでも神仏の加護はなかった。

八日の夜更けて、翁は呑舟に墨を磨らせ、一句を筆記させた。

旅に病んで夢は枯野をかけ廻《めぐ》る

それから支考を呼び、迷いがあることを述べた。「なほかけ廻る夢心」とも考えたからだ。

「『枯野をかけ廻る』に勝るものはなきかと」

支考は難しげな表情で答えた。「夢心」を選べば季語がなくなり、悩ましいことになると案じたのかもしれぬな、と翁は思った。誰もが言いだしかねている中、支考だけが師に辞世の用意を促していた。そんな彼であっても、率直になりきれぬ場面ではあった。

「これは辞世の句ではない。あくまでも病中吟だ」

往生際のよからぬひと言にも、無言で頷《うなず》いていた。

おそらく結果として辞世になるであろう。昨日来、またあの影を見るようになった。

気がつくと細く開いた障子の向こうから、じっと座敷を覗《のぞ》いていることがある。入ってこないのは時期を待っているからだろう。

九日にはまた支考を召して、大井川《おおい》で詠んだ古い句の手直しをする。園女亭で詠んだ句と紛らわしいのが気になっていたのだ。

半睡になっている時、門弟らの声が聞こえた。

「洒堂はどないしたんや」

之道のようだ。誰かが応じる。

「老師がこういうご様子やというのに、きよらんな。憚《はばか》ることでもあるんやろか。まるで雲隠れしてしもうたみたいや」

之道亭に移ってから顔を見ないので、翁もどうしたことかと計りかねていた。自分を熱心に口説き、大坂に引き寄せたのは洒堂だ。それで役目を果たして消えたかのようである。おかしなことよ、と思った。

十日には遺書を書く。三通は支考に代筆させ、兄半左衛門へのものは自筆だ。みちのくの吟行を終えてから三年をかけて書き上げ、江戸の素龍《そりゅう》の清書でやっと完成した『おくのほそ道』を手渡せないことを残念がる。兄に読んでもらうことを楽しみにしていたというのに。

夜には門弟らを枕許《まくらもと》に揃え、彼らの問いに答える。談じながら、残された時間がごく短いのを翁は感じていた。時に涙で袖《そで》を濡《ぬ》らしながら話に聴き入る門弟らから離れた壁際で、影が端座していたのだ。杖《つえ》を前の畳の前に、陣笠《じんがさ》を膝《ひざ》にのせている。行燈《あんどん》の明かりに照らされたその顔は、見紛《みまが》いようもなく翁自身の生き写しだ。当人の影が黄泉《よみ》への案内をするとは知らなかった。影は、向かい側の壁の一点を見つめたままでいた。

明けて十一日。粥《かゆ》を啜《すす》ることもできなくなった。本復の望みは最早《もはや》ない。障子窓から射す夕陽もはかなくなりかける頃、たまたま上方にきていて噂を聞いた其角が駈《か》けつける。一番弟子の到着を、壁際の影は待っていたのかもしれぬ。其角に倣って一同が発句し、翁は丈草の句を褒める。これで思い残すことはないと思った。翁は体を拭《ぬぐ》わせて不浄を払い、香を炷《た》いて心静かに最期を迎える準備に入った。

十二日になると、師の命が旦夕《たんせき》に迫っていることを誰もが悟った。午《うま》の刻（正午頃）を過ぎて翁はようやく目覚めたが、半ば夢の中にいるようで、これまでの種々《くさぐさ》のことが思い出されて、目尻《めじり》に涙が溜《た》まる。時は、ゆっくりと優しく流れた。

もう申《さる》の刻（午後四時頃）が近いのだろう。秋の日が低くなりかけていた。障子に止まる蝿を、門弟らが鳥黐竿《とりもちざお》で獲《と》ろうとしている様がおかしくて、ふっと微笑んでから翁は天井を見上げる。

如月《きさらぎ》の望月の頃に花の下にて死にたい、と西行は詠み、まさにそのとおりに入定《にゅうじょう》した。見事としか言いようがなく、あのような真似はできなかった。

自分が死ぬのは大坂だ。よりによって大坂か、と未練がましく思っていたが、これこそ自分らしい死なのかもしれぬ。

「月日は百代《はくたい》の過客《かかく》にして」で書き起こした『おくのほそ道』の冒頭に、「古人も多く旅に死せるあり」と記した。いずこで死すか選べぬのが旅人というものであるならば、旅に生きたわが生涯の幕切れに大坂もまたふさわしい。

天井いっぱいに枯野の風景が広がった。もうそれしか見えぬ。妙なる葉擦れの音が聞こえてきて、頬に風が当たった。

広大な野を、一人の男が行く。わが影であり、わが後ろ姿だ。同行はいない。とうとう旅立つ時がきたらしい。

やはりあの句が辞世となったが、よかろう。

それにしても、あんなに淋《さび》しげなところに向かうのか。

臆《おく》しかけて、また思い直す。あの野辺が目的地ではなく、それを突き切った向こうを目指すのだ。

どんな土地やら見当もつかぬが、よきところかもしれぬし、珍しきところなのは確かだ。人皆いずれ向かう場所なのだから、怖がらずともよい。懐かしい人との再会があるやもしれぬ。

幻の枯野にあった影の背中は見えなくなり、芦《あし》の海だけが誘《いざな》うように揺れている。

行ってみよう。

心の奥で小さな火がついた。旅心を取り戻して、翁の胸は高鳴る。

旅とは見知らぬ地への憧《あこが》れではないか。未知が待っているのだから勇躍して旅立つまで。

「ご老師さま」

最期に聞こえたのは、はっとしたように呼びかける次郎兵衛の声だった。
翁《おきな》は枯野に歩みだす。
不帰の客となるために。

夕陽庵《せきようあん》

建長《けんちょう》八年（一二五六）。

都の桜が最後の一片まで散った頃。

式部《しきぶ》省の散位《さんい》寮で分番を務める従七位下《じゅしちいのげ》のさる男が、わずかばかりの供を連れて夕刻に熊野詣《くまのもうで》へ出立した。病に臥《ふ》した主君に請われての代参である。

ふつうであれば早朝に出発して午過《ひるす》ぎに船で難波《なにわ》に着き、四天王寺《してんのうじ》で一日目を終えるのだが、思うところあって男はそうしなかった。訝《いぶか》しむ供らには適当にことを答え、真意は伏せてある。

鳥羽津《とばのつ》から朧月《おぼろづき》の夜船で淀川《よどがわ》を下り、ふと目を開ければ朝霧たちこめる守口《もりぐち》あたりを進んでいた。右手に三国川《みくにがわ》が分かれていく。にわか雨に遭った西行《さいぎょう》法師が遊女の妙《たえ》に一夜の宿を求め、断られた不満を歌に詠むと返歌で諌《いさ》められた江口《えぐち》の里はここから近い。早朝の静寂の中、櫓《ろ》の軋《きし》みと船べりを洗う水音だけが聞こえていた。

――あと少しで、もう難波か。

船に乗るなり寝入ったので、瞬く間だった。

岸で手招くように揺れる芦を見ながら何か詠もうとしたが、頭にも霧がかかったようでまともな歌にならない。そうするうちに微睡《まどろ》みに引き戻され、次に目が覚めたのは渡辺津《わたなべのつ》に着く真際だった。

供の中には初めて難波にきた者もおり、船着き場のまわりを珍しそうに見渡す。難波の玄関口でもある渡辺津の界隈《かいわい》は、四天王寺や住吉《すみよし》大社、高野山《こうやさん》や熊野に詣《もう》でる起点であり、西国からの物資が集まる津《みなと》だけあって繁華だ。平重衡《たいらのしげひら》による南都焼き討ちで焼亡した東大寺を再建するため俊乗坊《しゅんじょうぼう》重源《ちょうげん》が周防《すおう》から運んだ材木を収めた木屋敷、同じく重源が開創した念仏道場である浄土堂もある。ここは京に向けて開けているだけでなく、南都の津でもあるのだ。

川岸には、都の貴人たちが難波に下向した折の別荘として建てた家々が、それぞれの船着き場からつながって並んでいる。陸《おか》に上がって主君の別荘にいったん落ち着くと、用意の朝餉《あさげ》が供された。今日は道を急がないので、粥ではなく強飯《こわめし》と一汁三菜をゆっくり食してから腰を上げる。

熊野までの大道に沿い、参詣《さんけい》途上の儀礼を行なう王子社が連なっていた。熊野権現の分霊、九十九王子《くじゅうくおうじ》である。津のすぐそばにある窪津《くぼつ》王子で般若心経《はんにゃしんぎょう》を誦《ず》し、道中の守護を祈願してから、一行は熊野街道を南へ歩きだした。

「この道を通って、後白河院《ごしらかわいん》は三十四度も熊野に御幸《みゆき》なされたのだな。われらと同じ景色をご覧になりながら」

「それにしてもよい日和。雲雀《ひばり》が気持ちよさそうに啼《な》いておるわ」

「ややあ、『啼く』は熊野参詣の忌詞《いみことば》。『かんする』と申せ。方々《かたがた》、これからは妄語、悪口《あっこう》も厳に慎しまれよ」

春の風は甘く陽は麗《うら》らかで、供の者たちは遊山気分を隠そうともしなかった。

彼らがたどる道の西側はなだらかに、あるいは鋭く傾いて浜へ続いている。木立の切れ間に、ちらちらと輝く海が覗《のぞ》いた。久方ぶりに見る海だ。紀伊国《きのくに》に入れば延々と海道が続き、漫々たる大海を眺めながら歩くことになるが、波穏やかな難波の海景も好もしい。復路は磯風に吹かれながら浜道を歩くのもよかろう、と男は思う。

往復五十日余の旅は始まったばかりだ。時候はよいが、この季節に熊野の山中に分け入るとなれば毒虫に煩わされ、蝮《まむし》を避けつつ行かねばならないと聞く。先に難渋が待つことは知れていた。

第三の王子社、群戸王子《こうとおうじ》に参った時。

壺《つぼ》装束の女人らとすれ違った。市女笠《いちめがさ》から覗く白い横顔に、瞬時、男の息が止まる。ふた歳前に胸の病で身罷《みまか》った妻の面影を認めたからだ。しかし、振り返って目で追った女の背中はあまりに広くて、嫋《たお》やかな妻の後ろ姿とはまるで違っていた。

――足の運びも似ても似つかぬではないか。なんとしたことか。

未練な心が見せた刹那《せつな》の幻であった。

巡礼の守りにと、男は亡き妻からの文を縹色《はなだいろ》の狩衣《かりぎぬ》の懐中に忍ばせていた。水茎《みずくき》の跡、いと鮮やかな文を。その守りが悪戯《いたずら》をしたのでもあるまい。

王子社ごとに足を止め、生國魂《いくくにたま》神社にも立ち寄って牛のごとく歩を進める。「早朝に難波に着いたれば、日暮れには堺《さかい》までも行けますものを」と供は言ったが、男は笑って受け流した。今宵《こよい》は四天王寺の宿坊に泊まると定めている。

左手の前方はるかに望めていた五重塔が、しだいに近づいてきた。九輪を光らせ、青空を突き刺すごとく聳《そび》える様は壮観で、海を渡ってやってきた唐人《からびと》たちも船上からその威容を仰いでさだめし感嘆するであろう。

西大門より入り、本来の正門であった南大門に鎮座する熊野権現礼拝石にまず手を合わせた。朱塗りの門の彼方《かなた》に、熊野の山々があり、神々がおわす。かの地まで行けない者たちは、ここから熊野を遥拝《ようはい》するのである。

四天王寺への参拝をすませ、荷物を置いて寛《くつろ》ぐうち、まだ陽が傾きかけてもいないのに性急な供の一人が声を上げた。

「この寺の西門は現世とお浄土の境。いざ参りましょう。極楽浄土の東門へ」

西門あたりには、三々五々に人が参集しつつあった。男たちのように身なり賤《いや》しからぬ者ばかりではなく、襤褸《らんる》に帯がわりの荒縄を締めた憐《あわ》れげな姿も多く目についた。半ば這《は》うようにしている病人や老人、盲《めし》いて杖《つえ》にすがった者もいる。阿弥陀如来《あみだにょらい》の救いを求める善男善女らは数珠《じゅず》を手に手に、まだ夕映えまで間がありそうな西方に向かい、すでに合掌の用意をしているようだった。眺めれば門の向こうに海が見えている。

境内のざわめきをよそに、粗末な形をした七つ八つばかりの童女《わらわめ》が大人のように澄ました顔で今様を謡《うた》いだす。その声に男は耳を傾けた。

極楽浄土の裏門は
難波の海にぞ対《むか》へたる
転法輪所の裏門に
念仏する人参れとて

西門をくぐる者たちは、合掌してから柱に取り付けられた転法輪をカラカラと回し、自浄其意《じじょうごい》を祈る。小さな車輪を回すことで、おのれの心の清浄とともに仏の教えが輻《や》のように広がるのを希《ねが》うのだ。

そのカラカラという音にもしばらく聞き入っていたが、ここでゆっくりとはしていられない。

「おのがじし日想観《じっそうかん》せよ。今日は見事な入り日が拝めるであろう」

男が境内を出ようとするので、一人が尋ねた。

「これはこれは、どちらに参られますか。お供いたしまする」

「かまわず独りで行かせよ。じきに戻る」

言い置いて供らを振り切り、男はきた道をしばらく引き返した。

その場所を正確には知らない。夕陽を拝むために建てられた庵《いおり》は数多くあったが、いずれもまだ新しそうな家ばかりで求めるものではない。これが夜船を選んだ仔細《しさい》。すぐには見つからないであろうから早くに四天王寺に着こうとしたのである。

このあたりかと見当をつけ、大江神社の杜《もり》に入ったり出たりするうちに、見晴らしの優れた崖《がけ》の上に出た。微《かす》かな波音と松籟《しょうらい》が男の耳を洗う。

そこを先に進むと、木立の中に朽ちかけた粗末な家があった。一丈四方というほどではないが、ごくささやかなものだ。

——ここではないか。ここに相違ない。

わけもなく確信し、近寄りかけると人の気配がする。

直垂《ひたたれ》に下括《げぐ》りの指貫《さしぬき》姿の老爺《ろうや》が、竹箒《たけぼうき》を手に佇《たたず》んでいた。齢《とし》の頃は六十ばかりであろうか、霜が降りたような頭をしている。庭掃除の手を休めて腰をさすっていたところらしく、目が合うとゆっくり一揖《いちゆう》した。

「やよ、その方。このあたりの者と見て尋ねる。これにあるは従二位藤原朝臣家隆殿《あそんいえたか》がお住まいになった草庵《そうあん》か」

もはや草庵とも言えるかどうか。柱が傾いで頽《くずお》れんとしている。雑草を生やした屋根にはおそらく穴が開いて、雨が洩り放題であろう。

老爺は、くぐもった声で返答する。

「はい、左様で。仏性《ぶつしよう》様がいらした夕陽庵《せきようあん》にございます」

従二位の家隆卿《きよう》が出家して得た法名は仏性であった。

「ようよう見つけたり。それにしても、さすがに大層な荒れ様であることよ」

老爺は竹箒を両手に持ち直し、それにもたれるようにする。

「仏性様が薨去《こうきよ》なさったのは嘉禎《かてい》三年。もうかれこれ二十年近くが経とうとしております。もともと簡素な庵ですゆえ、これまで建っていたのが不思議なほどで。やがて崩れ落ちるのは詮《せん》ないとして、それまでは庭を掃かせていただくつもりでおります」

その心掛けのわけを問うと、老爺は答えて曰《いわ》く。

「如何《いかん》ともしがたい故《ゆえ》あって還俗《げんぞく》いたしましたが、その昔わたくしは、四天王寺の末寺の僧でございました。ご縁を賜って仏性様の身のまわりのお世話をさせていただいたのでございます。もっとも、仏性様はろくに食事も召し上がらずに往生をお待ちになりましたから、お世話と申すほどのこともしておりませぬが」

「おお、それは」

家隆卿の最期を知る人物と出会えた僥倖《ぎょうこう》を男は喜んだ。

「もしや、仏性様の極楽往生に立ち会われたか。そのような御仁に巡り合えたとはまことにもって幸い。ありがたき今際《いまわ》の有り様、話し聞かせてはもらえぬか」

男は烏帽子《えぼし》をかぶり直しながら名乗り、自分が歌の先達としてどれほど家隆卿を尊崇しているか、その見事な往生にどれほど深く感銘しているかを伝えた。熱のこもった言葉は、老爺の心にいたく響いたようだ。

「それでわざわざ熊野詣の途上でこの庵を訪ねていらしたとは。さても奇特なことでございます」

呆《あき》れているのではなく、喜んでいるふうである。

「あのお方様が歌道の栄達を捨て、家も捨ててご出家なさり、京からこの地に移って庵を結ばれたのは、ただひたすら極楽往生を希《ねが》うためでした。出家なさってから陸奥《むつ》国《くに》までも遊行《ゆぎょう》し、いよいよ往生するためこちらに住まわれたのはわずかな間でございます。御自らの寿命を読み切っておられたのです」

歌道の栄達。それはありきたりの誉れではない。従二位の家隆卿は京極《きょうごく》中納言（藤原定家《さだいえ》）と並び称される歌人で、藤原俊成《しゅんぜい》に歌を習い、後には後鳥羽《ごとば》院の勅命を受けて中納言らとともに『新古今和歌集』の撰者《せんじゃ》となった。七十九年の生涯で六万首を詠み、いくつもの勅撰和歌集に多くの歌が採られている。男にとって、まさに雲の上に突き出した高嶺《たかね》のごとき存在であり、その歌風に学ぼうと私《ひそ》かに淑《よ》くしてきた。かの人が入寂した地を訪ねるというかねてよりの希いが、熊野詣の代参という機会を得てようやくかなった。

——計ったかのごとき遁世《とんせい》というよりない。命の灯が燃え尽きんとする頃合いは、そこまではっきりと見えるものなのか。

家隆卿は従二位まで上ったが、若い頃から歌に情熱を注ぎ、宮中での出世にはあまり興味がなかった。晩年の望みは、阿弥陀如来に導かれて西方浄土に向かうことだけであったという。

「今際の有り様でございますか。何もなさりませんでした。守り本尊も置かず、ただ一向に日想観をなさったばかりで。まもなく本物の仏がお迎えにくるのに、どうして本尊がいるのだ、と仰せでございました。極楽がありありと心に思い描けるようになるまで落日を拝む。そのためにここに移り住まわれたのです」

老爺は、竹箒を木に立て掛ける。

「立ち話はくたびれます。南に縁側がございますので、そちらに腰を降ろされてはいかがでしょう。仏性様が祈った海もご覧になれます」

先に立って庵の裏手へと歩きだした。ついて行けば、なるほど海がよく見渡せる。

「難波の海は、いにしえより茅渟《ちぬ》の海と呼ばれております。神武《じんむ》東征の折、長髄彦《ながすねひこ》の矢に射られた神武帝の兄君、五瀬命《いつせのみこと》が流れる血を洗ったことに由来するとか。血の沼でチヌではめでとうございませぬので、黒鯛《くろだい》の茅渟の字を当てたということです」

老爺の舌は滑らかで、声もしだいに大きくなっていった。雨風に黒ずんだ縁側に座ると、尻《しり》の下で板が軋《きし》む。

「仏性様がお隠れになったのは、四月九日の酉《とり》の刻（午後六時頃）。まもなく、その刻限でございますな」

同じ刻限にまさにその場所に座し、季節も一致している。空を斜めによぎって落ちていく陽を真正面に見て、男は胸が騒ぐのを覚えた。

「あれが淡路島《あわじしま》。海を挟んで明石《あかし》」

老爺は節くれだった指で差す。

「今日の陽は、明石のあたりで六甲の山陰《やまかげ》に落ちましょう。彼岸の頃であれば、ちょうど海に入りまする。仏性様が選ばれたのは、そういう場所なのでございます」

「難波ならばどこでもよかったわけではなく、その夕陽を眺むるために」

「はい。ここに庵を」

いったん頷《うなず》いてから老爺は説明を付け足す。

「仏性様がこの地を探し当てたと申すより、あらかじめ四天王寺がここを選んでいたのでございます。そして、かの寺とはかねてよりご縁がございました。絵堂が建てられた際、四天王寺の別当でいらした慈円《じえん》様のお勧めにより、仏性様は九品《くほん》往生絵に寄せる歌を詠んでおられます」

「うむ」

聞くまでもないことで、その歌を男は承知していた。

西の空を見やれば、黄金《こがね》色をまぶした朱の色に染まりつつあった。難波の枕詞《まくらことば》の「押し照るや」のとおり、夕刻の海は一面が強く照り輝いている。椀《わん》を伏せたように小島が点々と散った八十島《やそしま》の風景は趣があり、見飽きることがない。

「いつも膝《ひざ》を揃えてお座りになり、この海に沈む夕陽を拝んでおられました。ただ落陽に手を合わせていたのではございますまい。あの山の向こうにも遠く想いを馳《は》せていたのでございましょう」

「山の向こうをの」

――さもありなん。

六甲の山並みの向こうには重畳たる山々があり、それを突き切れば北海に出る。さらに波頭を越えて進むうちに隠岐《おき》の島に至るであろう。武士がわがもの顔をした世に我慢ならず、承久《じょうきゅう》三年（一二二一）に謀反を起こして敗れた後鳥羽院が流された島だ。

後鳥羽院と家隆卿の縁は、あまりにも強く深い。和歌を習い始めた院の師となったのを始まりとして、珍妙な達磨歌《だるまうた》とも揶揄《やゆ》された若い頃の歌才を賞賛したのも、勅撰和歌集の撰者を命じたのも、宮内卿に取り立てて従二位まで引き上げたのも院である。

承久の変で隠岐に配流《はいる》された院に対して、公家らの目は冷ややかであったという。治天の君としてのふるまいが禍いした。安徳《あんとく》天皇が退位せぬまま三種の神器なしで即位したことを蒸し返す声もあったようだ。それでも家隆卿の忠誠は変わらず、院が延《えん》応《おう》元年（一二三九）に崩御するまで、幕府に憚《はばか》らず歌を送り続けた。

「お若い頃は勤行などなさらなかった藤原朝臣殿が出家を思い立たれたのは、老病を得てものの見え方が変わったせいもございましょうが、やはり後鳥羽院様の隠岐への遷幸にお心を痛め、この世の無常が身に染みたせいもあろうかと存じまする」

「そのようなことを仏性様は……」

老爺《ろうや》は、かぶりを振る。

「お話しにはなりませんでしたから、その胸中はお察しするばかりです。できますれば、もっと早くに仏門に入りたかったのでございましょう。天台座主《ざす》というご身分を捨ててまで隠棲《いんせい》を望んだ慈円様のようなお方様とは違って、仏性様はご自身の希うままにふるまおうとはなさいませんでした。出家の大願をかなえられたのは、世俗で課せられたあらゆるお役目を果たした後でございます」

孝を尽くして父母を見送り、愛《いつく》しんだ妻に先立たれ、嫡男が侍従となったのを見届けてから、家隆卿《きょう》はようよう心置きなく出家ができたのである。

——左様なふるまいは、わがことを後に回すお優しさとご辛抱があればこそ。歌風から偲《しの》ばれるとおりで、あまりにも尊い。

平安の頃より死を前にして駈《か》け込むように出家するのは公家の習いとなり、あまつさえ死後の出家さえ認められるようになった。現世での楽しみを味わい尽くし、勤行の真似事もせぬまま僧になって極楽に向かうという虫のよさは、家隆卿の潔さからほど遠い。

妻を亡くした後、男は何もかも擲《なげう》って仏門に入ることを考えもしたが、それは老いた父母への不孝であったし、主君への恩愛を断つこともできずに諦《あきら》めた。家隆卿ならば、それでよい、と静かに答えてくださるだろう。

夕影がまぶしさを増していく。

「まだ陽が低うなりかかったばかりの頃、もう西門には大勢の者が祈りにきておった。早うから集まるものよな」

いつものことなのか、と男は尋ねる。

「今日のような日は、いつもでございます。後鳥羽院の御世であった頃は、あの下の浜から舟で海に漕《こ》ぎ入れ、阿弥陀如来《あみだにょらい》の名号を唱えながら身を投げる者がおりました。

まず娘が入水《じゆすい》して母親が追ったこともあれば、崖《がけ》より飛び降りた沙弥《しやみ》の話も伝わっております。ただちに往生できると信じてのことでございます」

「その者たちは今、極楽におるのか」

「わたくしには計り知れぬことでございますが、阿弥陀如来はお見捨てになっておらぬかと」

男と老爺は、しばし無言で凪《な》いだ海を眺めた。燦爛《さんらん》とした波が揺れている。

しだいに理由もなく物狂おしい気持ちになりながら、男は家隆卿がこの草庵《そうあん》で詠んだ七首の歌を思い出す。

契りあれば難波の里にやどりきて波の入り日ををがみつる哉《かな》
なはの海を雲井になしてながむれば遠くもあらず弥陀の御国は
二つなくたのむちかひは九品《ここのしな》のはちすのうへのうへもたがはず
八十《やそぢ》にてあるかなきかの玉のをはみださですぐれ救世の誓ひに
うきものと我ふる郷《さと》をいでぬとも難波の宮のなからましかば
阿弥陀仏《あみだぶ》と十たび申してをはりなば誰もきく人みちびかれなん
かくばかり契りましますあみだぶをしらずかなしき年をへにける

そう詠じた翌日の酉の刻、家隆卿は往生を遂げたのである。

ここにきてその七首を噛《か》みしめると、総身が打ち顫《ふる》えてきた。身を投げ出すように浄土を信じた歌人の心、歌の心に触れた想いがする。

のみならず、阿弥陀如来にすがって極楽往生を遂げたいという希いが胸の奥から不意に突き上げた。朱色に映えゆく難波の海が果てた先、西方十万億土という悠遠の彼方《かなた》にある浄土。その存在をこれまでの万倍も強く感じた。道理を抜きにした確信である。

——道理など要らぬ。生まれる前から知っていたことなのだ。そうでなければ、われら衆生《しゆじよう》は夕陽を見ただけで浄土に焦がれたりはせぬ。

「さても、ありがたい」

男は、絞り出すように言う。そこで亡き妻が心安らかにしているかと思うと、無量のありがたさで涙がこぼれそうだった。妻だけでなく、おのれの魂も救われていく。憂きものと京を捨てることはなかった。和歌に慰めを見出そうとしても、妻のいない現世はわびしく憂いと諦めていた。だが、この世とつながって極楽があることを、ここ難波の海を見ながら知った。

——帰依いたします。南無阿弥陀仏。

頭《こうべ》を垂れて合掌する男の横で、老爺はしみじみと言う。

「仏性様は、まことにご立派でございました。今も昨日のことのように覚えておりま
す。ご自分が詠まれた歌のとおり、如月《きさらぎ》の花の下にてお亡くなりになった西行様にも
劣らぬ往生と申せましょう」
裕福な武門の家に生まれながら二十三歳で出家し、諸国漂泊の中で歌を詠んだ西行
の最期は、あまりにも見事だった。今日、かの法師が高き名望を得ているのは、その
物語じみた死に様に負うところが小さくない。家隆朝臣らが編んだ『新古今和歌集』
に九十四首が採られたためでもあるが、それもまた西行が死して後の出来事である。
若くして決然と出家し、さすらいに生きた西行。晩年まで京から出ることなく過ご
し、死期が近いことを悟って出家した家隆卿。両人の一生は好対照をなしている。旅
を知らない家隆に向かって、歌風を広げるため旅に出てはどうか、と西行は友誼《ゆうぎ》から
冷やかしつつ勧めたという。そんな二人は、往生の鮮やかさも競い合ったのだ。
そういえば、西行もまた四天王寺に所縁《ゆかり》があり、念仏堂には西行ノ坐《ざ》が残されてい
る。西に行くという名の法師が四天王寺に足を向けないはずもない。かの人は四国へ
遊行する前に参っているのだが、江口の里で遊女と歌を交わしたのは四天王寺に向か
う途上のことだったという。
「難波の海に没する夕陽を拝みながら往生を遂げたい。その宿題をかなえたのですか
ら、西行様とともに語り継がれるべきことです。ここでよき歌もお残しになっている

のでございますし」

「案ずることはない。そのことはすでに秀歌の数々とともに語り継がれておるぞ。住処《すみか》とされた庵《いおり》は朽ちて倒れても、幾久しく語られよう」

男が力を込めて言うと、老爺は顔を伏せた。何か言いたいことがあるのを控えたかに見えた。

――紫雲をまといながら陽が落ちる。

夕映えに茅渟《ちぬ》の海はいよいよ押し照り、この世に極楽が打ち寄せてきたかのごとく厳かで美しい。まさに極楽浄土の七宝の池。浮かぶ島々や小舟の影は、その極楽池の蓮《はす》のようだ。

男はこの海に今すぐ舟を出したくなった。妻のもとへ向けて、懸命に櫓《ろ》を漕ぐのだ。さすれば、すぐにたどり着けそうな気がする。

「飛んで行きたそうなお顔をしておられます」

老爺は遠い西の空を指差して、男の想いを見透かしたごとく言った。

「さほどよきところなら早く参りたいものでございますが、いずれは阿弥陀如来の助けで行けるところ。急ぐことはございません。さっさとこの憂き世を去りたくなることもあるにせよ」

妻を亡くしてこの方、男が抱えてきた苦しみさえも老爺は察しているかのようだった。その目には、深く穏やかな光がある。

「この世もさほど悪いところではないようでございますよ。極楽に渡ってから里心が湧くようで」

「どういうことか」

老爺は両膝《りょうひざ》に手を置く。

「語り継がれていないことをお話しいたしましょう。知っている幾人かの者たちは皆あちらに行ってしまい、今ではこの老いぼれだけが覚えておりますことで」

妙なことを言いだした。それを口にすべきかどうか、ためらっていたらしい。

「それは何だ。何故に秘しておる」

「仏性様のご立派な最期に、よけいな怪異の類《たぐい》を付け足すように思われたからでございます」

その人が往生を遂げたしばらく後、空き家となった庵で妖《あや》しいものが見られた。主《あるじ》をなくした草庵に美しい西陽が射す時、人の姿が浮かび上がるというのだ。数人の者たちが繰り返し見掛けている、と。

「端座した仏性様でございます。生前とまったく変わらぬご様子で、一心に夕陽を拝んでおられました」

男は眉根《まゆね》を寄せた。

「戯《たわ》けたことを。不埒《ふらち》な僻事《ひがごと》であろう。ありがたい往生を遂げた仏性様が迷って出たと申すのか」

するると、老爺《ろうや》は心外そうに言葉を返す。

「あなた様ならお判りいただけるかと思いましたのに、何故お怒りになられます。里心と申したではございませんか」

その語気には男をたじろがせるものがあった。

「仏性様は、ここで日想観なさった日々を懐かしんで夕陽庵に立ち戻ってこられたのです。この世を愛《いと》おしむお心があればこそ、ふるさとを訪ねるように極楽からふらりと戻られたのでしょう。あな、いみじきこと。もうお見掛けしなくなって、随分になります。あちらの方になってしまわれたのでございますね」

老爺はそれきり黙り込む。彼《か》のお方様のありし日の姿、幻の影を偲《しの》んでいるのであろうか。

落日が最後の輝きを放つ。

そよと風が吹き、頬を撫《な》でる。

――つながっているのですよ。分かたれてはおらぬのです。

いずこからか妻の声がして、男は朱色の涙とともに頷《うなず》いた。

あとがき

大阪は怪談とはあまり縁がないと思われがちで、また事実そうである。枕詞《まくらことば》があるほど長い歴史を持つ街なのだから、怪談も豊かに取り揃えていてよさそうなものだが、リアリズムが支配的なせいだろうか。すぐ隣に京都というオーソリティーとファンタジーで固まった街（必然的にたくさんの怪談が生まれる）があるため、役割としてリアリズムを担った大阪からは怪異が蒸発してしまうのかもしれない。

そんな大阪を舞台にした怪談を書いたのは、大阪で生まれ育った物書きとして「ないなら自分が書いたらええ」と素朴に思ったからだ。天王寺《てんのうじ》七坂という狭いエリアに絞って描いたのは、そここそが私にとって最も大阪らしいと思える土地だから。観光名所も繁華街もなく、大阪に縁がない方にとってはまったく未知の場所だし、大阪市内に住んでいてもさっぱり知らない方もいるだろう。

しかし、私はその界隈《かいわい》を歩くと、糸より細い声で大阪が歌っているのを微《かす》かに聴く。リアリズムを担う街が秘めてきたファンタジーを感じて、「聴こえてるよ」と応《こた》えたくなる。古都と呼ばれる間もなく、常に今を生き続ける大阪の鼓動はあまりに強くて、歌声は掻《か》き消されがちだ。懸命に耳を澄ましながら大阪へ「聴こえてるよ」と返答するために書いたのが本書に収めた九編の物語である。

私の耳に届く歌は女性の声だ。日本語では事物や土地の名に性の区別をつけないが、私にとっての大阪は典型的な女性名詞の街なのだ。ここはおよそ男性美とは縁遠い土地で、善きにつけ悪しきにつけすべてを包み込もうとする。考えてみれば、リアリズムも女性の美徳ではないか。女性的なるこの街が、貧しいリアリズムに堕してしまわないことだけを祈っている。

大阪の歌声を聴いてから、遠い土地へ旅した時に思うようになった。私に聴こえないだけで、ここも歌っているのだろう、と。そう考えるだけで、どこへ行っても愉快だ。

ぞっとするような話を期待した方にとっては、怖くない怪談ばかりが並んだかもしれない。この人物の視点から描くと怪談からはずれてしまう、という物語もある。そこは、その——まあ、ええやないですか。

少しでもお楽しみいただけたら、と作者は希うばかりです。

本書のためにラフの段階からうっとりするような絵を描いてくださった影山徹《かげやまとおる》さん、美しくて読みやすい本に仕上げていただいた装幀《そうてい》の多田和博《ただかずひろ》さん、すばらしい写真をご提供くださった野原勤《のはらつとむ》さん、最高の発表の場を与えていただいた『幽』誌の東雅夫《ひがしまさお》編集長、丹治史彦《たんじふみひこ》さん、そして連載時から単行本にまとめるまで大変お世話になった岸本亜紀《きしもとあき》さんに心よりの感謝を捧《ささ》げつつ擱筆《かくひつ》いたします。

二〇一三年三月十九日

有栖川有栖

文庫版あとがき

単行本『幻坂』を出した頃からだろうか、それまで大阪に住んでいても知る人ぞ知る存在だった天王寺《てんのうじ》七坂の知名度が少しずつ上がり、七坂巡りのスタンプができたり坂の名前をつけたお菓子（七坂が揃《そろ》っているわけではない）が売り出されたりしている。『幻坂』の影響でないことはきっぱりと断言した上で、大阪の地霊の声に耳を傾けようとする人が増えてきているのならうれしい。

四天王寺の西門でお彼岸の入日を拝む日想観は、永らく途絶えていたものが二〇〇一年に復活して以来、手を合わせる人が次第に増えていき、昨今は人でごった返すほどになってきた。大切なものが大阪から失われるばかりではないのだ。そこで「じっそうかん」と呼ばれているので、単行本で「にっそうかん」としていた読みを文庫化にあたって変えた。

『幻坂』の単行本が出たのは二〇一三年四月。その年の秋分の日に、私がガイド役になって七坂を歩く幻坂ツアーが催され、学校のひとクラスほどの参加者の皆さんや東京からいらした東雅夫さん、門賀美央子《もんがみおこ》さんとともに、お彼岸と思えない炎天下、真言坂《しんごんざか》から七坂を経て四天王寺まで散策した。心に残る想い出となっている。

単行本が出る前月に義母が他界し（前年十一月には義父が急逝）、九月の七坂散策の時は入院中だった母の余命が残り少ないことを嚙《か》みしめていた。「死はこんなに近い」と実感せずにはおれず、その年はずっと巨大な夕陽に照らされながら歩いているような想いがしていた。

文庫化にあたり、単行本と同じく装画を影山徹さん、装幀《そうてい》を多田和博さんにお願いできたことは喜びに堪えません。「単行本がよすぎるから、文庫版は見劣りがしても仕方がない」と思っていただけに、感激いたしました。

『大阪探偵団』（沖積舎）という共著を出したこともある河内厚郎《かわうちあつろう》さんに解説をお書きいただいたことにも感謝を。「こういう人がいてるから大阪は面白いんや」といつも思っています。

そして、KADOKAWA第一編集部の光森優子《みつもりゆうこ》さんに大変お世話になりました。この小説を大切に扱っていただき、ありがとうございます。

二〇一五年十二月十七日

有栖川有栖

解説

河内《かわうち》 厚郎《あつろう》（評論家）

奈良や京都より古い街なのに大阪の歴史というのは驚くほど知られていない。それどころか、今の本当の姿すら、ろくに報道されないのだ。一例をあげると、大阪の街の中央を背骨のように南北に貫く上町《うえまち》台地のことが全国向けにほとんど紹介されないのは何故なのか。最も古くから在り、最も大阪らしいエリアであるにもかかわらず。

土地勘のない人には起伏の乏しい街というイメージの大阪らしいけれども、近代以前には「大坂」と書かれたように、ちゃんと「坂」はある。15世紀末、大坂本願寺(石山本願寺)の前身となる坊舎を上町台地の北端に建てた蓮如《れんにょ》上人は、この地を「おさか」と呼び、それが「おおさか」へと転じた。そんな宗教都市としての中世の歴史や、首都だったこともある古代の大阪のことは皆目語られず、近世の商都ばかり強調されるため、「通史」の見え辛《づら》いもどかしさは本書の「愛染坂《あいぜんざか》」でも吐露されている。

「大阪はけったいな土地やな、慧君《さとるくん》」

「何がです？」

「古いもんいうたら、『戦前からあります』。もっと古いもんは『太閤《たいこう》さんの時代にできました』。それよりさらに古いもんいうたら、いきなり飛んで、『聖徳太子の時代にできました』やら『仁徳《にんとく》天皇の時代からあります』。鎌倉時代と平安時代の影が薄すぎる。飛びすぎて損してるわな」

「損ということもないでしょうけど」

「イメージが持ちにくいやないか。機能にしてもそうや。煙の都やったり商人の町やったり政治の中枢やったり宗教都市やったり、天皇がいらした王城の地やったり。住んでても判りにくいのに、よその者《もん》にはどんなとこか判らんで」

　それでも上町台地を歩いてみれば少しずつ判ってくる。さまざまな歴史の痕跡《こんせき》に出会うことができ、それらが互いに関係しているということが判ってくるのだ。

　大阪で文芸誌を編集していた、30年近い昔。忙しくなかったこともあり、有栖川《ありすがわ》氏の生まれ育ったあたり、大阪市の東部にあった編集部から梅田《うめだ》のターミナルまで歩いて帰った。難波《なにわ》京の羅生門《らじょうもん》（羅城門《らじょうもん》）があったＪＲ環状線「寺田町《てらだちょう》」駅のガード下を潜《くぐ》り、わが国最古の官道（国道）が町名となった「大道《だいどう》」の坂をあがって、上町台地の西側に沈む夕日の残映を視界に入れながら台地のうえを北へ抜けていき、仁徳天皇が開削したという難波《なにわ》の堀江（大川）に出る。2時間余はかかろうかというコースであった。

まだ高層マンションも目立たず、戦災を免れた街並が処々《ところどころ》に残り、ゆったりと時の流れる寺町を抜けると、大きな広場が現れる。難波宮《なにわみや》の遺跡公園である。7世紀に創建された、この王宮の正式名は難波長柄豊碕宮《なにわながらとよさきのみや》（難波の長い柄のような形をした豊かな岬にある宮殿）。当時の上町台地は海に突き出した岬であったが、「長柄」や「豊《とよ》崎《さき》」が町名として今も残るように、地名は歴史の生き証人にして貴重な記憶再生装置であることは本書にも記されている。

「このへんは伶人町《れいにんちょう》いうけど、伶人《れいじん》いうのは四天王寺で雅楽を奏でた楽人のことや。楽人が住んでいた町やからそう呼んでる。地名だけは、地震や火事にも戦災にも耐えて残るんやな」（「愛染坂」）。

大阪市歌にある「高津《たかつ》の宮の昔より　よよの栄《さかえ》を重ねきて　民のかまどに立つ煙」は、難波の地に高津宮を置いた仁徳天皇の「高き屋に登りて見れば煙《けぶり》立つ民のかまどはにぎはひにけり」（新古今集）という古歌から採られたことも本書は記すが、高台から下界を見おろす夕景の描写は谷崎潤一郎の『春琴抄《しゅんきんしょう》』にも見てとれる。そこに描かれた、上町台地のうえにある生玉寺町《いくたまてら》と、台地の西麓にひろがる下寺町《したでら》。ふたつの町を結ぶ「天王寺《てんのうじ》七坂《ななさか》」が本書の舞台である。この七つの坂の周辺に緑が多いのは、寺社の森に加えて、建物を建てにくい台地西側の急斜面に広葉樹林が帯状に残されたからだという。

実際に取材してみると七つの坂がそれぞれ違った物語を秘めていたと有栖川氏が述懐する通り、それぞれ趣は異なるが、どれも心にしみいるような短篇が並ぶ。東京へ行きたがらない作家、ミステリアスな猫、都心の一隅に落ちてくる滝、いわくありげな私立探偵……有栖川氏らしい素材が登場する物語のなかに歴史の因縁が巧みに織り交ぜられ、虚実の入り交じった幻想世界へ読者をひきこんでいく。この七坂に行くと本当の大阪に出会えるような気がすると語る有栖川氏が、はるかな歴史の気配に耳を澄まし、目を凝らすと、坂の上から、下から、周囲の木立の中から、さまざまなゲネウス・ロキが現れて都市と人々の記憶をよみがえらせようとするのだ。

織田作之助《おださくのすけ》が『木の都』で難波の海に沈む夕陽の彼方《かなた》に極楽浄土を観た中世の歌人をしのんだように、有栖川氏も現代の風景のなかに古人の幻を見ようとするのだが、そんな幻想小説から漂ってくる無常観、「せつなさ」は何に起因するのだろう。氏も老境に近づいたということか。あるいは、早くから老成していたのか。ミステリー小説では謎解きの知的ゲームに徹している観すらあった有栖川氏の、繊細で抒情《じょじょう》的な文体が織りなす新境地が今後どんな風に展開されていくのか、楽しみなことである。

松尾芭蕉《まつおばしょう》が弟子たちに看取《みと》られ息をひきとった「南御堂《みなみみどう》」門前の地は、メインストリートの御堂筋に呑《の》みこまれて、車線分離帯の植えこみに「此附近芭蕉翁終焉《シュウエン》ノ地ト傳《ツタ》フ」と刻んだ石碑が立つのみだが、有栖川氏のように晩年の芭蕉に心添わせれば別の景色も見えてこよう。

語られぬ歴史の断層を埋めるかのように、七坂やその周辺についての故事来歴を有栖川氏は小説のなかに挿入してくれた。分かる人には分かってもらえればよいという書き方ではない。古語の意味や時代ごとの世相をさりげなく補足して噺《はなし》を聞かせた、上方落語の大御所、桂米朝《かつらべいちょう》の親切な語り口を想い出す。

「封印切」という大坂の新町《しんまち》遊廓を舞台にした有名な歌舞伎に、廓《くるわ》の女将《おかみ》が若き日の恋を思い出し、「浮瀬《うかむせ》で初めて会うた、その時は……」とつぶやく場面がある。その浮瀬が日本最古の料亭の名であると後に知った。大阪人の遠い記憶のなかに残る、その味覚を怪談にとりこんだ「天神坂《てんじんざか》」は、作品そのものに独特な味つけがほどこされている。

読者諸氏も有栖川氏の棲《す》む上町台地に足を踏み入れられたなら、この都会の奥行の深さに予期せぬ感懐を抱かれることであろう。そして真言坂《しんごんざか》・源聖寺坂《げんしょうじざか》・口縄坂《くちなわざか》・愛染坂・清水坂《きよみずざか》・天神坂・逢坂《おうさか》――聖と俗の交錯する七坂を実際に歩いてみたくなるのではないだろうか。

三好達治《みよしたつじ》の名高い「雪」が、上町台地から雪の降り積む街々を見下ろして作られた詩であるとは詩人・佐々木幹郎《ささきみきろう》の説である。

太郎を眠らせ、太郎の屋根に雪ふりつむ。
次郎を眠らせ、次郎の屋根に雪ふりつむ。

しんしんと降り積もる雪が市井の音も色も吸い込んでしまいそうな静寂のなか、安らかな寝息が聞こえてきそうな詩であり、そんな子供の寝姿に大阪市中で生まれ育った自身の子供時代を詩人は重ね合わせていたのか。

私たちの人生は記憶によって構成されていて、その記憶はさまざまな感情と結びついていることを、あらためて実感させる『幻坂』である。

主な参考文献

『難波大阪／郷土と史蹟』牧村史陽／編（講談社）
『大阪伝承地誌集成』三善貞司 編著（清文堂出版）
『ぼくの四天王寺散歩』三善貞司（私家版）
『大阪夕陽丘歴史散策ガイド』三善貞司（一心寺）
『上方風俗／大阪の名所図会を読む』宗政五十緒／編（東京堂出版）
『大阪名所むかし案内』本渡章（創元社）
『森琴石と歩く大阪』熊田司・伊藤純 編（東方出版）
『史跡名所探訪　大阪を歩く　大阪市内編』林豊（東方出版）
『懐石料理の知恵』串岡慶子（ちくま新書）
『死者の書　身毒丸』折口信夫（中公文庫）
『日本古典文学大系40　謡曲集上』横道萬里雄・表章 校注（岩波書店）
『しんとく問答』後藤明生（講談社）
『芭蕉書簡集』松尾芭蕉　著／萩原恭男　校注（岩波文庫）
『芭蕉紀行文集』松尾芭蕉　著／中村俊定　校注（岩波文庫）

『芭蕉臨終記　花屋日記』文暁　著／小宮豊隆　校訂（岩波文庫）
『芭蕉晩年の苦悩』金子晋（田工房）
『悪党芭蕉』嵐山光三郎（新潮文庫）
『俳聖芭蕉と俳魔支考』堀切実（角川学芸出版）
『浮瀬　奇杯ものがたり』坂田昭二（和泉書院）
『浮瀬俳跡蕉蕪園』平松弘之　編著（大阪星光学院）
『淀川ものがたり』淀川ガイドブック編集委員会　編集・著作／河内厚郎　執筆（廣済堂出版）
『日本古典文学大系84　古今著聞集』橘成季　著／永積安明・島田勇雄　校注（岩波書店）
『王朝の風俗と文学』中村義雄（塙書房）
「家隆終焉の地─難波─への道」松井律子（「就實語文」26号05・12）就実大学日本文学会／編
「大阪人　2004年9月号　特集・熊野街道と大阪」（大阪都市協会）
「大阪人　2009年5月号　特集・上町人の物語」（大阪市都市工学情報センター）

この他にも多くの書籍、雑誌等のおかげで本書を書き上げることができました。深く感謝いたします。

これらの文献の引用や解釈の間違いがあれば、作者の不注意による誤りまたは小説化にあたっての意図的な改変で、すべて作者の責に帰します。

【初出一覧】

「清水坂」『怪談列島ニッポン　書き下ろし諸国奇談競作集』
　二〇〇九年／MF文庫　メディアファクトリー
「愛染坂」『幽』vol.11　二〇〇九年八月号
「源聖寺坂」『幽』vol.12　二〇一〇年一月号
「口縄坂」『幽』vol.13　二〇一〇年八月号
「真言坂」『幽』vol.14　二〇一一年二月号
「天神坂」『幽』vol.15　二〇一一年八月号
「逢坂」『幽』vol.16　二〇一二年二月号
「枯野」『幽』vol.17　二〇一二年八月号
　＊単行本化にあたり一部改稿し、収録いたしました。
「夕陽庵」　『幻坂』二〇一三年／メディアファクトリー

本書はメディアファクトリーより二〇一三年四月に刊行された作品を文庫化したものです。

幻坂《まぼろしざか》

有栖川有栖《ありすがわありす》

平成28年 1月25日　初版発行
令和7年 6月25日　9版発行

発行者●山下直久

発行●株式会社KADOKAWA
〒102-8177　東京都千代田区富士見2-13-3
電話　0570-002-301（ナビダイヤル）

角川文庫 19557

印刷所●株式会社KADOKAWA
製本所●株式会社KADOKAWA

表紙画●和田三造

●お問い合わせ
https://www.kadokawa.co.jp/（「お問い合わせ」へお進みください）
※内容によっては、お答えできない場合があります。
※サポートは日本国内のみとさせていただきます。
※Japanese text only

ISBN978-4-04-103806-2　C0193

角川文庫発刊に際して

角川源義

第二次世界大戦の敗北は、軍事力の敗北であった以上に、私たちの若い文化力の敗退であった。私たちの文化が戦争に対して如何に無力であり、単なるあだ花に過ぎなかったかを、私たちは身を以て体験し痛感した。西洋近代文化の摂取にとって、明治以後八十年の歳月は決して短かすぎたとは言えない。にもかかわらず、近代文化の伝統を確立し、自由な批判と柔軟な良識に富む文化層として自らを形成することに私たちは失敗して来た。そしてこれは、各層への文化の普及滲透を任務とする出版人の責任でもあった。

一九四五年以来、私たちは再び振出しに戻り、第一歩から踏み出すことを余儀なくされた。これは大きな不幸ではあるが、反面、これまでの混沌・未熟・歪曲の中にあった我が国の文化に秩序と確たる基礎を齎らすためには絶好の機会でもある。角川書店は、このような祖国の文化的危機にあたり、微力をも顧みず再建の礎石たるべき抱負と決意とをもって出発したが、ここに創立以来の念願を果すべく角川文庫を発刊する。これまで刊行されたあらゆる全集叢書文庫類の長所と短所とを検討し、古今東西の不朽の典籍を、良心的編集のもとに、廉価に、そして書架にふさわしい美本として、多くのひとびとに提供しようとする。しかし私たちは徒らに百科全書的な知識のジレッタントを作ることを目的とせず、あくまで祖国の文化に秩序と再建への道を示し、この文庫を角川書店の栄ある事業として、今後永久に継続発展せしめ、学芸と教養との殿堂として大成せんことを期したい。多くの読書子の愛情ある忠言と支持とによって、この希望と抱負とを完遂せしめられんことを願う。

一九四九年五月三日

角川文庫ベストセラー

ダリの繭《まゆ》　有栖川有栖

サルバドール・ダリの心酔者の宝石チェーン社長が殺された。現代の繭とも言うべきフロートカプセルに隠された難解なダイイング・メッセージに挑むは推理作家・有栖川有栖と臨床犯罪学者・火村英生！

海のある奈良に死す　有栖川有栖

半年がかりの長編の見本を見るために珀友社へ出向いた推理作家・有栖川有栖は同業者の赤星と出会い、話に花を咲かせる。だが彼は〈海のある奈良へ〉と言い残し、福井の古都・小浜で死体で発見され……。

朱色の研究　有栖川有栖

臨床犯罪学者・火村英生はゼミの教え子から2年前の未解決事件の調査を依頼されるが、動き出した途端、新たな殺人が発生。火村と推理作家・有栖川有栖が奇抜なトリックに挑む本格ミステリ。

ジュリエットの悲鳴　有栖川有栖

人気絶頂のロックシンガーの一曲に、女性の悲鳴が混じっているという不気味な噂。その悲鳴には切ない恋の物語が隠されていた。表題作のほか、日常の周辺に潜む暗闇、人間の危うさを描く名作を所収。

暗い宿　有栖川有栖

廃業が決まった取り壊し直前の民宿、南の島の極楽めいたリゾートホテル、冬の温泉旅館、都心のシティホテル……様々な宿で起こる難事件に、おなじみ火村・有栖川コンビが挑む！

角川文庫ベストセラー

壁抜け男の謎　有栖川有栖

犯人当て小説から近未来小説、敬愛する作家へのオマージュから本格パズラー、そして官能的な物語まで。有栖川有栖の魅力を余すところなく満載した傑作短編集。

赤い月、廃駅の上に　有栖川有栖

廃線跡、捨てられた駅舎。赤い月の夜、異形のモノたちが動き出す——。鉄道は、私たちを目的地に運ぶだけでなく、異界を垣間見せ、連れ去っていく。震えるほど恐ろしく、時にじんわり心に沁みる著者初の怪談集！

小説乃湯
お風呂小説アンソロジー　有栖川有栖

古今東西、お風呂や温泉にまつわる傑作短編を集めました。一入浴につき一話分。お風呂のお供にぜひどうぞ。熱読しすぎて湯あたり注意！　お風呂小説のすばらしさについて熱く語る!?編者特別あとがきつき。

最後の記憶　綾辻行人

脳の病を患い、ほとんどすべての記憶を失いつつある母・千鶴。彼女に残されたのは、幼い頃に経験したというすさまじい恐怖の記憶だけだった。死に瀕した彼女を今なお苦しめる、「最後の記憶」の正体とは？

眼球綺譚　綾辻行人

大学の後輩から郵便が届いた。「読んでください。夜中に、一人で」という手紙とともに、その中にはある地方都市での奇怪な事件を題材にした小説の原稿がおさめられていて……珠玉のホラー短編集。

角川文庫ベストセラー

フリークス　綾辻行人

狂気の科学者J・Mは、五人の子供に人体改造を施し、〝怪物〟と呼んで責め苛む。ある日彼は惨殺体となって発見されたが!?――本格ミステリと恐怖、そして異形への真摯な愛が生みだした三つの物語。

殺人鬼 ――覚醒篇　綾辻行人

90年代のある夏、双葉山に集った〈TCメンバーズ〉の一行は、突如出現した殺人鬼により、一人、また一人と惨殺されてゆく……いつ果てるとも知れない地獄の饗宴。その奥底に仕込まれた驚愕の仕掛けとは?

殺人鬼 ――逆襲篇　綾辻行人

伝説の『殺人鬼』ふたたび！……蘇った殺戮の化身は山を降り、麓の街へ。いっそう凄惨さを増した地獄の饗宴にただ一人立ち向かうのは、ある「能力」を持った少年・真実哉！……はたして対決の行方は?!

Another (上)(下)　綾辻行人

1998年春、夜見山北中学に転校してきた榊原恒一は、何かに怯えているようなクラスの空気に違和感を覚える。そして起こり始める、恐るべき死の連鎖！名手・綾辻行人の新たな代表作となった本格ホラー。

霧越邸殺人事件〈完全改訂版〉(上)(下)　綾辻行人

信州の山中に建つ謎の洋館「霧越邸」。訪れた劇団「暗色天幕」の一行を迎える怪しい住人たち。邸内で発生する不可思議な現象の数々…。閉ざされた〝吹雪の山荘〟でやがて、美しき連続殺人劇の幕が上がる！

角川文庫ベストセラー

深泥丘奇談《みどろがおかきだん》

綾辻行人

ミステリ作家の「私」が住む〝もうひとつの京都〟。その裏側に潜む秘密めいたものたち。古い病室の壁に、長びく雨の日に、送り火の夜に……魅惑的な怪異の数々が日常を侵蝕し、見慣れた風景を一変させる。

金田一耕助に捧ぐ九つの狂想曲

赤川次郎・有栖川有栖・小川勝己・北森鴻・京極夏彦・栗本薫・柴田よしき・菅浩江・服部まゆみ

もじゃもじゃ頭に風采のあがらない格好。しかし誰よりも鋭く、心優しく犯人の心に潜む哀しみを解き明かす――。横溝正史が生んだ名探偵が9人の現代作家の手で蘇る！　豪華パスティーシュ・アンソロジー！

赤に捧げる殺意

赤川次郎・有栖川有栖・太田忠司・折原一・霞流一・鯨統一郎・西澤保彦・麻耶雄嵩

火村＆アリスコンビにメルカトル鮎、狩野俊介など国内の人気名探偵を始め、極上のミステリ作品が集結！　現代気鋭の作家8名が魅せる超絶ミステリ・アンソロジー！

9の扉

北村薫、法月綸太郎、殊能将之、鳥飼否宇、麻耶雄嵩、竹本健治、貫井徳郎、歌野晶午、辻村深月

執筆者が次のお題とともに、バトンを渡す相手をリクエスト。9人の個性と想像力から生まれた、驚きの化学反応の結果とは!?　凄腕ミステリ作家たちがつなぐ心躍るリレー小説をご堪能あれ！

本をめぐる物語　栞は夢をみる

大島真寿美、柴崎友香、福田和代、中山七里、雀野日名子、雪舟えま、田口ランディ、北村薫
編／ダ・ヴィンチ編集部

本がつれてくる、すこし不思議な世界全8編。水曜日にしかたどり着けない本屋、沖縄の古書店で見つけた自分と同姓同名の記述……。本の情報誌『ダ・ヴィンチ』が贈る「本の物語」。新作小説アンソロジー。